Jean-Christophe Tixier

GUILTY
Du wirst dafür büßen

AF288945

JEAN-CHRISTOPHE TIXIER

GUILTY

Du wirst dafür büßen

Aus dem Französischen
von Bernadette Ott

Penguin Random House Verlagsgruppe FSC® N001967

TRIGGERWARNUNG
Dieses Buch enthält potenziell triggernde Inhalte.
Hinweise dazu und Hilfsangebote auf S. 245 ff.

2. Auflage 2024
Erstmals als cbt Taschenbuch Mai 2024
© 2024 für die deutschsprachige Ausgabe
cbj Kinder- und Jugendbuchverlag
in der Penguin Random House Verlagsgruppe GmbH,
Neumarkter Straße 28, 81673 München
Alle deutschsprachigen Rechte vorbehalten
Die Originalausgabe erschien 2022 unter dem Titel
»Guilty. L'affaire Helena Varance« bei © RAGEOT-ÉDITEUR, Paris, 2022.
Aus dem Französischen von Bernadette Ott
Umschlaggestaltung: Kathrin Schüler, Berlin
Covermotive: Alamy Stock Photo (tommaso altamura),
Shutterstock.com (Vector Tradition, Feaspb, Yurlick)
Grafiken im Innenteil: Marion Biffaud © RAGEOT-ÉDITEUR 2021
kk · Herstellung: AJ
Satz und Druck: GGP Media GmbH, Pößneck
ISBN 978-3-570-31624-5
Printed in Germany

www.cbj-verlag.de

Für Stéphane

Das Volk soll abstimmen!
Für mehr direkte Gerechtigkeit!
Mach mit!
(Offizielle App des
Justizministeriums)

4,8 ★ ★ ★ ★   16+   988 k

Kostenloses Download

Guilty –
Recht und Gerechtigkeit

Mit der App *Guilty*
- die Profile aller Verurteilten einseher, die zur vorzeitigen Haftentlassung freigegeben sind
- per Klick mitbestimmen, wer als Nächste*r freigelassen wird
- mittels GPS ihre Flucht verfolgen
- durch Push-Benachrichtigungen in Echtzeit über ihr/sein Schicksal informiert werden

Schuldig:

Verantwortlich für ein Verbrechen, eine vorsätzlich oder fahrlässig begangene strafbedrohte Tat, eine Gesetzesübertretung

Artikel 1, 2 & 3 des Gesetzes zur vorzeitigen Haftentlassung

Artikel 1:

Jede*r Schuldige*r kann nach Verbüßung der ersten drei Jahre der Haftstrafe für die sogenannte Volksjustiz freigegeben werden, bei der über eine vorzeitige Haftentlassung abgestimmt wird.

Artikel 2:

Jede*r Haftentlassene gemäß Artikel 1 bleibt in den Augen der Justiz und des Volkes schuldig und somit nach der Entlassung auf sich gestellt. Es besteht keinerlei Anspruch auf Hilfe oder Schutz vonseiten des Staates.

Artikel 3:

Einzelpersonen oder Gruppen von Personen bleiben bei einem Verstoß gegen das Leben der nach Artikel 1 Haftentlassenen straffrei.

Freiheitsberaubung und Folter der Haftentlassenen ebenso wie jede sinnlose Anwendung von Gewalt sind jedoch verboten und können eine Strafverfolgung nach sich ziehen.

ICH HEISSE Helena. Ich bin einundzwanzig Jahre alt.

Ich habe es nicht geschafft, Marc Bardys zu retten. Ja, ich hab es richtig verkackt. Ich mache mir große Vorwürfe, dass ich bei der mir anvertrauten Mission versagt habe.

Bardys sollte jetzt in einer Zelle sitzen, um den Rest seiner rechtmäßigen Strafe abzusitzen. Aber auch seine Wiedereingliederung in die Gesellschaft sollte bereits begonnen haben.

Bei der Nachricht von seinem Tod setzten auf der Straße lauter Jubel und ein wildes Hupkonzert ein. Es dauerte bis in die frühen Morgenstunden. Für mich waren es Mahnrufe, dass ich versagt hatte.

Im Bericht für meine Vorgesetzten habe ich meine Irrtümer und Fehler nicht beschönigt.

Am nächsten Tag wurde ich einbestellt, um mein Vorgehen zu rechtfertigen. Sie saßen mir zu dritt gegenüber. Ryan war auch anwesend. Sein platinblonder Haarschopf war verschwunden, sein Schädel kahl rasiert. Auch seine Piercings hatte er nicht mehr. Er erwiderte meinen Blick nicht, sondern starrte die Wand vor sich an.

Meine drei Bosse hielten mir vor, dass ich Patty Johnson Zeit gegeben hatte, den Haftentlassenen Marc Bardys zu überzeugen, dass er sich aus freien Stücken in ein Gefängnis der PFR begab. Dadurch verzögerte sich seine Exfiltration unnötig. Die Regeln sind hier klar und eindeutig, verwarnten sie mich. Ein

Haftentlassener, der nicht freiwillig zustimmt, muss mit Gewalt exfiltriert werden.

Das Wertesystem der PFR, unser Humanismus, basiert in seiner Umsetzung auf einer militärischen Strenge. Nur so kann unser Handeln erfolgreich sein. Nur so bleibt die Sicherheit aller Mitglieder gewährleistet. Diese Regel habe ich akzeptiert, als ich mich der Bewegung angeschlossen habe.

Durch mein Handeln habe ich die Mitglieder des Einsatzkommandos in Gefahr gebracht. Sie konnten nicht anders, als mitten in der Hetzjagd zu intervenieren. Was wäre wohl gewesen, wenn sie gleichzeitig mit der Todesschützin Gun_27 vor Ort eingetroffen wären?

Auf diese Frage wusste ich keine Antwort.

Ich hörte mir die Vorwürfe an, ihre Verwarnung, den Verweis auf die Regeln unserer Bewegung. Obwohl sie betont haben, dass ich weiterhin ihr volles Vertrauen genieße, weiß ich, dass die Bosse mich jetzt auf dem Schirm haben.

Danach überreichten sie mir ein Blatt mit Informationen zu einer neuen Mission. Ryan auch. Dadurch wurde mir klar, dass wir ab jetzt ein Team sind. Ich soll ihn ausbilden. Und er wird Augen und Ohren für meine Vorgesetzten offen halten.

Ich oder vielmehr wir sollen uns um die Exfiltration von Richard Clarke, achtundvierzig Jahre, kümmern. Soeben haben seine Klicks bei der App *Guilty* die Schwelle von drei Millionen überschritten. In wenigen Stunden wird er freigelassen.

Als ich den Grund für seine Verurteilung lese, spüre ich plötzlich einen heftigen Schmerz, wie wenn es mich innerlich zerreißt, und dann löse ich mich auf ... ich habe das Gefühl, in unverbundene Einzelteile zu zerfallen, nur noch eine leere, verletzliche Hülle zu sein. Sie haben an etwas aus meiner Vergangenheit gerührt, was ich mit großer Mühe viele Jahre lang in meinem tiefsten Inneren vergraben habe, unter einer dicken Schlammschicht aus Verletztheit, Scham, Wut und Schuldgefühl.

Sie wissen nicht, dass dieser Fall mich aus nächster Nähe betrifft, in meiner innersten, mit Füßen getretenen und verhöhnten Intimität. Es ist auch meine Geschichte.

Sie wissen nicht, dass sie in mir Gespenster geweckt haben. Ich werde mich all dem stellen müssen, was ich bisher verschwiegen habe. Weil ich nie die Kraft hatte, darüber zu reden. Mit niemandem. NIEMALS.

Richard Clarke
48 Jahre
Sexueller Missbrauch vor Minderjährigen
3 000 000 Stimmen
Erreicht heute um 18.25 Uhr

1

Tag 1, 03.50 Uhr

»Halte dich bereit!«

Das Knistern in Helenas Headset ist so laut, dass sie die Anweisung kaum hört. Trotzdem versteht sie sofort. Alle Muskeln in ihrem Körper spannen sich an. Sie ist bereit. Ihre Aufgabe bei diesem Einsatz ist klar: Sie soll die Zielperson abfangen, falls sie über den Notausgang zu fliehen versucht. An der Wand, an der sie lehnt, blättert der Putz ab, das Mauerwerk ist feucht, schlammfarben, es riecht nach Zwiebeln und altem Frittierfett. Die Atmosphäre könnte gemütlicher sein.

Helena konzentriert sich, lauscht auf das geringste Geräusch, das ihr einen Hinweis geben könnte. Nichts. Völlige Reglosigkeit. Nur ihr eigener Atem durchbricht die Stille. Übertönt das laute Pochen ihres Herzens.

Durch das kleine Fenster dringt ein schwacher Widerschein der Lichter der Stadt ins enge Treppenhaus. Im Stockwerk über ihr sind sie zu dritt: einer, um mit der Zielperson zu verhandeln, sie zu überzeugen; zwei andere, um sie zu packen und mit Gewalt fortzubringen, falls sie sich widersetzt. Auf der Straße wartet ein Auto, jede Sekunde startklar. Dort sind zwei weitere Männer auf ihren Posten, die für den sicheren Ablauf der Aktion sorgen und allen Signal geben sollen, falls sich eine Gruppe von Lynchjägern nähert.

Die Situation flößt Helena keine Angst ein. Sie hat das bei ihrer Ausbildung unzählige Male eingeübt. Sie ist nur noch etwas konzentrierter als sonst, alle ihre Sinne sind in Alarmbereitschaft. Und auch wenn sie es nur ungern gesteht: Sie liebt solche Einsätze, bei denen die Spannung ins beinah Unerträgliche steigt. Wenn vollkommen unklar ist, was in der nächsten Sekunde geschieht. Bei denen man sofort reagieren muss, egal worauf. Es darf da keine Fehler geben. Gibt es bei ihr normalerweise auch nicht. Aber diesmal verspürt sie ein Unbehagen ... so etwas wie ein ungutes Gefühl oder eine düstere Vorahnung. Sie schiebt es darauf, dass sie von jetzt auf gleich für einen Kollegen einspringen musste, der unglücklich gestürzt ist. Deshalb musste sie ran. Nein sagen gibt es nicht. Als sie sich damals den Partisanen für mehr Rechtsgerechtigkeit anschloss, wusste sie, dass die Untergrundorganisation mit militärischer Strenge geführt wird. Bei den PFR sind Ordnung, Härte und Disziplin angesagt. Nur so können die Kommandos ihre Aktionen ausführen und die Freigelassenen erfolgreich exfiltrieren, damit sie ihre Gefängnisstrafe abbüßen. Die Gruppe ist ein radikaler Gegner der sogenannten Volksjustiz, deren Verfahren darin besteht, einzelne freigelassene Häftlinge dem Hass und der Mordlust von Lynchjägern auszuliefern.

Helena dreht den Kopf, wirft noch einmal einen Blick zur Seite, zählt die Stufen jedes Treppenabsatzes, um sicher zu sein, dass sie bei einem überstürzten Rückzug nicht ins Leere tritt und stolpert. Sieben Stufen, dann ein Absatz, nach der nächsten Ecke vier. Danach acht.

Sie schaut auf die Uhr. Die Sekunden vergehen im Schneckentempo. Zeit ist nur noch eine träge Masse. Sie dürfen sich davon keinesfalls anstecken lassen. Wenn sie das Risiko ihres Einsatzes so niedrig wie möglich halten wollen, müssen sie schnell handeln.

»Eine Minute«, kommt es aus dem Headset.

Ihre Zielperson ist eine Frau, fünfundzwanzig Jahre, verurteilt wegen körperlicher Misshandlung ihres Säuglings. Freigelassen aufgrund des Gesetzes zur vorzeitigen Haftentlassung. Auf der App *Guilty* hatte sie die Schwelle von drei Millionen Klicks geknackt. Wochenlang machten Kinderschutzverbände Druck und warben überall für ihre Freilassung. Gestern war es dann so weit.

»Dreißig Sekunden.«

Helena stellt sich ihre drei Kollegen ein Stockwerk höher vor, wie sie auf das Signal zum Einsatz warten. Danach wird einer von ihnen an die Wohnungstür klopfen und behutsam in Verhandlungen eintreten, falls die Zielperson nicht öffnet. Wird versuchen, ihr Vertrauen zu gewinnen. Erläutern, dass es für die Situation eine Lösung gibt. Wird alles daransetzen, eine Zustimmung zu erreichen. Falls die Zielperson sich weigert, sind die Anweisungen klar: Der Kollege, der fürs Verhandeln zuständig war, gibt den beiden anderen Zeichen, dass sie die Tür eintreten und die Person notfalls mit Gewalt ergreifen sollen. Ein besonders heikler und riskanter Moment, denn wenn ein Mensch sich in die Enge getrieben fühlt, können die Reaktionen sehr heftig, sogar aggressiv ausfallen. Es gibt solche, die glauben, auch ohne Hilfe den Lynchjägern entkommen zu können; andere, die glauben, dass für sie mit der Haftentlassung tatsächlich ein Leben in Freiheit beginnt; und dann gibt es solche, die noch niemals von der Untergrundorganisation PFR gehört haben oder den Partisanen nicht vertrauen.

»Wir gehen rein.«

Die Luft um Helena herum wird auf einmal kälter. Trotzdem brennt ihr jeder Atemzug in der Kehle. Mit dem Handrücken wischt sie sich den Schweiß von der Stirn. Sie hört, wie über ihr an die Tür geklopft wird, dann die Rufe ihres Teamkollegen.

»Rachel, wir sind von den Partisanen für mehr Rechtsgerechtigkeit. PFR. Bestimmt haben Sie schon mal von uns gehört? Da draußen gibt es jede Menge Leute, die Ihnen etwas antun wollen. Wir sind hier, um Ihnen zu helfen.«

Kein Laut zu hören.

»Wir sind hier, weil wir uns Sorgen um Sie machen. Wir wollen Ihnen helfen. Wir wollen verhindern, dass andere Ihnen etwas antun. Bitte machen Sie auf!«

Ein Augenblick vergeht. Dann klopft der Unterhändler ein weiteres Mal an die Tür.

»Rachel? Hören Sie mich?«

»VERPISST EUCH!«, brüllt eine Frauenstimme.

Helena sieht vor sich, wie der Unterhändler einen Schritt zurücktritt. Wie die beiden anderen vor der Tür Stellung beziehen. Einer von ihnen holt mit dem Fuß aus. Tritt die Wohnungstür ein. Zersplitterndes Holz. Schnelle Schritte sind zu hören, Schreie. Eine Tür wird zugeknallt. Erneut Schritte. Noch lautere, grellere Schreie. Ein dumpfer Aufschlag. Das muss der Körper der Zielperson sein, die jetzt auf den Boden gepresst wird. Helena wartet auf die Bestätigung aus dem Kopfhörer, dass diese Etappe der Operation erfolgreich durchgeführt ist. Jetzt muss sie gleich das Einsatzteam mitsamt Zielperson nach hinten decken und mögliche Lynchjäger fernhalten. Die Aufmerksamkeit auf sich ziehen, die Lynchjäger von der eigentlichen Aktion ablenken. Mit den bewaffneten Befürwortern des Gesetzes diskutieren, aber sie nicht verbal attackieren. Darauf achten, dass die Situation keinesfalls eskaliert. Auch dafür ist sie ausgebildet worden.

Ein Stockwerk höher ist die Lage offenbar unübersichtlich. Weiterhin hastige Schritte. Stimmen und Rufe. Soll sie nach oben gehen? Ist das Team in eine Falle geraten? Helena legt den Finger auf den Kopfhörer, damit er optimal sitzt und sie keinen Laut verpasst. Die Bestätigung kommt nicht, auch kein Hilferuf. Helena steigt vorsichtig ein paar Treppenstufen höher, reckt sich zu dem kleinen Fenster. Um nach draußen zu blicken, muss sie sich auf die Zehenspitzen stellen. Sie mustert die Straße. Nichts. Das geparkte Auto, das startklar auf sie wartet. Kein Mensch zu sehen. Nur die beiden Kollegen, die als Späher drunten auf ihren Posten sind. Sie versucht, ihnen ein Zeichen zu geben. Will wissen, ob sie etwas beobachtet haben. Aber keiner der beiden schaut in ihre Richtung. Über ihr hat der Lärm aufgehört.

»Rachel, hören Sie mir zu! Nur ein, zwei Minuten. Sich im Badezimmer einzuschließen, ist keine Lösung. Dort, wo wir Sie hinbringen, sind Sie in Sicherheit. Es wird Ihnen nichts passieren. Niemand wird Ihnen ein Leid antun. Sie können dort ganz normal ihre Strafe absitzen, und wir versprechen Ihnen, dass wir danach für Ihre Wiedereingliederung sorgen. Rachel, jetzt hierzubleiben, bringt Ihnen nichts. Es gibt jede Menge Menschen, die Ihnen Böses wollen. Die wollen sie tot sehen. Sie werden sich nie sicher fühlen können.«

Helena hört aus einem Leitungsrohr das Geräusch von fließendem Wasser. Wahrscheinlich steht die Frau jetzt vor dem Waschbecken, spritzt sich Wasser ins Gesicht, versucht, den Kopf klarzukriegen. Sie muss in Panik sein, voller Zweifel. Seit die Richterin ihre Freilassung verkündet hat, tobt bestimmt ein Orkan von Gefühlen in ihr. Es kann gar nicht anders sein. Wie soll sie da einen halbwegs klaren Gedanken fassen können?

»Rachel, wir kommen jetzt rein.«

Eine Tür wird gewaltsam aufgestoßen. Wieder ein Durcheinander von Schritten und Rufen. Dann ein fürchterlicher Schrei:

»NEEEEEIIIIIINNNN!«

Das kleine Fenster wird für den Bruchteil einer Sekunde von einem Schatten verdunkelt. Helena weigert sich, sofort zu verstehen. Stellt sich wieder auf die Zehenspitzen, blickt hinaus. War das ein Gegenstand? Ein Mensch? Sie merkt, wie sich bei ihr im Magen alles verkrampft. Auf den Ohren spürt sie einen so heftigen Druck, dass sie einen Moment nichts mehr um sich herum wahrnimmt. Sie kriegt keine Luft mehr, die Welt schließt sich wie dichter Nebel um sie. Als sie sich nach einer Weile erneut auf die Zehenspitzen stellt und den Oberkörper durch die schmale Fensteröffnung zwängt, um senkrecht nach unten blicken zu können, bestätigt sich ihre Befürchtung. Auf dem Gehsteig liegt im Schein der Straßenlampe ein menschlicher Körper. Eine Frau, die sie aus toten Augen anstarrt. Sie ist mit dem Hinterkopf auf der Bordsteinkante aufgeschlagen. Unter ihrem Kopf breitet sich eine Blutlache aus.

Helena spürt, wie ihr die Beine zu zittern anfangen, aus ihrem Körper entweicht jede Energie. Einen Moment lang hat sie das Gefühl, gleich ohnmächtig zu werden. Da holt sie ein Geräusch aus ihrem Kopfhörer ins Leben zurück. Sie schreckt aus dem Zustand der Lähmung, in dem sie fast versunken wäre, auf.

»Sofort raus hier!«

Helena ballt die Fäuste, hält mühsam die Tränen zurück, die in ihr hochschießen. Hätte sie den Sprung aus dem Fenster verhindern können, wenn sie die Unterhändlerin gewesen wäre? Zu spät. Am Verlauf der Ereignisse ist nichts mehr zu ändern. Bei der einen Chance, die sie hatten, sind sie diesmal schmerzhaft gescheitert. Aber keine Zeit, darüber jetzt nachzugrübeln. Sie müssen schleunigst weg. Mit Gewalt löst Helena den Blick von der Frau. Weg von hier. Diese Frau so schnell wie möglich vergessen.

Sie rennt die Treppe hinunter. Acht Stufen. Vier Stufen. Acht Stufen. Noch ein Stockwerk. Acht Stufen. Vier Stufen. Acht Stufen.

Plötzlich stehen drei Männer vor ihr und versperren ihr den Weg.

»Sieh an, sieh an! Bist wohl eine von den Gutmenschen der PFR, was? Habt ihr uns mal wieder den Spaß verderben wollen?«

2

Helena bleibt vor den drei Männern stehen, rührt sich nicht mehr. Hastig mustert sie ihre Hände, Gürtel, sucht nach irgendwelchen Waffen. Entdeckt weder Messer noch Baseballschläger. Auch keine Revolver. Der größte der drei hat eine Vollglatze und trägt eine kakifarbene Bomberjacke, dazu eine Cargohose mit Tarnmuster. Die perfekte Karikatur. Die beiden anderen sind nicht viel besser, auch wenn sie es mit der Verkleidung nicht so weit treiben. Unter den Lynchjägern sind es solche wie die drei, die Helena am meisten fürchtet. Sie haben mit der entlassenen Frau nicht das Geringste zu schaffen und erst recht nicht kümmert sie das von ihr misshandelte Baby. Ihre Ideologie lässt sich mit vier Wörtern zusammenfassen: Ordnung, Strenge, Sicherheit, Moral. Sie träumen von einem autoritären Staat. Alles Böse soll ausgelöscht werden, indem alle diejenigen, die es in ihren Augen verkörpern, ausgelöscht werden. Helena macht sich nichts vor. Für solche Typen wie die drei sind alle Mitglieder der PFR Volksschädlinge. Theoretisch geht sie kein Risiko ein. Laut Gesetz zur vorzeitigen Haftentlassung geht zwar straffrei aus, wer einen Haftentlassenen lyncht. Für alle Straftaten gegen das Leben anderer gilt das jedoch nicht. Auch in diesem Zusammenhang nicht. Aber Helena weiß, dass die drei Typen ohne Weiteres in der Lage wären, sie aus einem Fenster zu werfen und einen Unfall vorzutäuschen. Oder sie so stark zu provozieren, dass sie selbst aggressiv wird – um dann zu behaupten, sie hätten aus Notwehr gehandelt.

Sie muss Zeit gewinnen. Den anderen Kollegen des Einsatzkommandos muss erst auffallen, dass sie fehlt. Sie müssen umkehren und nach ihr suchen. Wenn es Zeugen gibt, werden diese Möchtegern-Neonazis ihr nichts antun.

Helena geht zum Angriff über. »Ihr ärgert euch wohl, dass wir euch zuvorgekommen sind, was?«

Die Frage bringt die Männer aus dem Konzept. Helena macht weiter.

»Vor allem, wenn eine Frau schneller ist als ihr.«

Es ist ein gefährliches Spiel, aber sie hat keine andere Wahl. Die drei Typen reagieren aggressiv. Sie sieht, wie der größte die Fäuste ballt. Die beiden anderen neben ihm warten darauf, dass er das Signal zum Losprügeln gibt. Aber ihr Anführer hat Helenas Taktik durchschaut.

»So kriegst du uns nicht dran. Du willst wohl, dass wir dir deine hübsche kleine Verräterinnenfresse polieren. Dich für immer zum Schweigen bringen. Kein Problem, ist sofort erledigt. Aber an dir mach ich mir doch nicht die Hände schmutzig. Fehlt grade noch, dass wir wegen dir eine Mordanklage an den Hals kriegen. Oder wegen vorsätzlicher Körperverletzung.«

Helena jubelt innerlich. Ein erster kleiner Sieg. Sie hat sie dahin gebracht, wo sie sie haben wollte. Deswegen hat sie den Kopf aber noch lange nicht aus der Schlinge. Zu dritt werden sie keine Mühe haben, sie in eines der oberen Stockwerke zu schleppen, um sie aus dem Fenster zu schmeißen.

»Die Frau ist tot. Was wollt ihr denn mehr?«, fragt sie mit gespielter Gefühlskälte.

Wieder schafft sie es, durch ihr selbstsicheres Auftreten und ihren Tonfall die drei Männer zu verunsichern. Für die ist eine junge Frau wie sie eine Art Untermensch, deren Bestimmung einzig und allein darin liegt, zu Hause zu bleiben und Kinder großzuziehen. Ordnung. Strenge. Sicherheit. Moral. Eine Moral, die seit zweihundert Jahren überholt ist. Aber das sagt sie ihnen nicht. Noch so eine Provokation würde die drei heillos überfordern. Und die Reaktion wäre dann unvorhersehbar. Außerdem begibt sie sich damit ins weite Feld der allgemeinen Weltanschauung.

»Lynchjustiz, wie sie das Gesetz zur vorzeitigen Haftentlassung erlaubt, ist nichts anderes als Rache. Und Rache ist die Gerechtigkeit der Barbaren!«

»Schwachsinn!«

Helena lässt sich nicht einschüchtern und fährt fort:

»Die Gerechtigkeit darf keine sein, die tötet! Jeder Lynchmörder macht sich desselben Vergehens schuldig, das er verurteilt.«

»Die Böses tun, sind das Böse«, entgegnet der Anführer. »Es gibt keine andere Lösung, als sie zu eliminieren. Diese Frau hat recht daran getan, ihre Brut zu töten. Das Kind wäre genauso böse geworden wie sie. Das Böse steckt bei denen in den Genen.«

Was er da von sich gibt, ist so dumm, dass es Helena den Magen umdreht. Aber es geht ihr in diesem Moment nur darum, heil aus der Situation rauszukommen. Und außerdem weiß sie, dass da sowieso keine Argumente mehr was nützen.

»Wir werden immer dafür kämpfen, dass die Haftentlassenen ihre normale Gefängnisstrafe absitzen. Wir werden nicht zulassen, dass sie gelyncht werden.«

Der Größte von den dreien bricht in dreckiges Gelächter aus.

»Und dafür seid ihr sogar bereit, sie zu töten?«

Die beiden anderen lachen laut mit.

Endlich tauchen Helenas Teamkollegen auf.

»Was ist denn hier los? Lasst sie in Ruhe!«

Einer zieht das Handy heraus, um alles zu filmen. Falls die Situation eskaliert.

»Steck das sofort weg!«, ruft einer der Lynchjäger.

»Kommt, wir ziehen weiter«, verkündet der Möchtegern-Neonazi. »Gibt hier für uns nichts zu tun.«

Helena sieht ihm nach. Nach ein paar Metern dreht er sich auf der Treppe noch mal zu ihr um: »Das nächste Mal sind wir vor euch da. Und noch ein kleiner Tipp von mir: Treib dich nicht allein in finsteren Gassen rum. Kann schnell mal was passieren. Bei den vielen Kriminellen, die sich heutzutage rumtreiben ...«

Vor dem Haus haben sich Schaulustige um den leblosen Körper der Frau versammelt. Helena wirft im Vorbeigehen einen Blick auf die Frau, vor allem ihre langen braunen Haare fallen ihr auf. Ein großes Durcheinander an Gedanken und Gefühlen tobt in ihr. Die Welt kommt ihr auf einmal total sinnlos vor. Jede Menge Fragen bestürmen sie: Warum hat die Frau ihr Baby so stark misshandelt, dass es schließlich gestorben ist? Was hat sie womöglich selbst in ihrer Kindheit erlebt? Warum hat niemand rechtzeitig bemerkt oder bemerken wollen, was sich da abgespielt hat? Helena ist sich sicher, dass dieses Drama hätte verhindert werden können. Sie hasst diese Welt, in der alle nur mit sich selbst beschäftigt sind, vollkommen gleichgültig gegenüber den Problemen anderer Menschen. Selbst wenn sie darunter zu ersticken drohen. Helena weiß, dass sie da gerade etwas übertreibt, aber so empfindet sie es eben.

Am Ende der Straße taucht der Widerschein einer Polizeileuchte die Hausfassaden in Rot und Blau.

»Höchste Zeit, dass wir von hier verschwinden«, sagt ein Teamkollege und zieht Helena mit sich fort.

Einen Augenblick später sitzen sie im Auto. Helena lehnt sich gegen das Fenster. Es herrscht drückendes Schweigen. Keiner hat das Bedürfnis, über den fehlgeschlagenen Einsatz zu sprechen. Die Zeit für Analysen, Berichte und Selbstvorwürfe kommt noch früh genug.

Auf den Kollegen, den sie so plötzlich ersetzen musste, ist Helena stinkesauer. Warum musste er sich verletzen? Der Anblick der Toten – wie sie sie aus ihren leeren Augen angestarrt hat – lässt sie innerlich erstarren. Sie spürt, dass dieses Bild sie noch lange verfolgen wird. Ein Blick, der sie durchbohrt und sich niemals mehr von ihr abwenden wird. Helena schließt die Augen, aber dadurch wird es nur noch schlimmer. Deshalb schaut sie auf die verlassenen nächtlichen Straßen der Stadt, nimmt die Neonreklamen und beleuchteten Schaufenster in sich auf. Alles kommt ihr so absurd und lächerlich vor, verglichen mit dem, was sie gerade erlebt hat.

In regelmäßigen Abständen überprüft der Fahrer durch einen Blick in den Rückspiegel, ob sie verfolgt werden. Er biegt immer wieder ab, wechselt mehrmals die Richtung und fährt noch einmal um den Block, bevor sie in die Zufahrt einer unterirdischen Parkgarage einbiegen. Hinter ihnen schließt sich ein Metallgitter.

Der Fahrer stellt den Motor ab. Keiner hat bisher ein Wort gesprochen. Helena zieht die Seitentür auf. An der Wand lehnt Ryan. Er hat auf sie gewartet.

Ryan ist gerade sechzehn geworden, das Mindestalter für den Beitritt zu den PFR. Er ist schmal, schlaksig, wirkt noch sehr jung. Sie vermisst seine weißblond gefärbten Haare und sein Piercing. Er wirkt verwandelt. Er war bei Marc Bardys, der dreimillionste Voter. Seine Stimme hat den Ausschlag gegeben. Damit war die notwendige Anzahl an Klicks erreicht und Bardys wurde vorzeitig aus der Haft entlassen. In dieser Sekunde änderte sich schlagartig sein Leben. Mit diesem einen Klick war seine Kindheit zu Ende und er betrat die Welt der Erwachsenen. Er begriff dadurch, wie sehr jede Tat – und sei sie scheinbar noch so gering – auch eine Verantwortung bedeutet.

Ryan wird mit ihr bei ihrem nächsten Auftrag ein Team bilden.

»Richard Clarke wird morgen gegen dreizehn Uhr freigelassen«, teilt er ihr mit.

Als er das sagt, verfinstert sich sein Gesicht, und Helena nimmt zum ersten Mal das Grübchen in seinem Kinn wahr.

Sie erinnert sich nur allzu gut an die Meldung der App *Guilty*, die kurze Fallbeschreibung unter dem Namen.

Richard Clarke
48 Jahre
Sexueller Missbrauch von Minderjährigen
3 000 000 Stimmen
Erreicht heute um 18.25 Uhr

Bei diesem Fall wird sie das Kommando führen. Von Anfang an.

»Und wie ist es grade gelaufen?«, fragt Ryan.

Sie wischt die Frage mit einer Geste weg. Hat keine Lust, ihm davon zu erzählen.

Sie hören Radio Plus, den Sender, mit dem Sie die neuesten Nachrichten miterleben können, als wären Sie vor Ort! Der Tag heute steht ganz im Zeichen neuester Ereignisse aus der Justizwelt. Ich beginne mit einer Nachricht, die uns in den frühen Morgenstunden erreicht hat: Die Haftentlassene Rachel Volat ist tot. Ich sage schlicht und einfach, sie ist tot, denn wir wissen bis jetzt nichts Genaueres über die Umstände. Rachel Volat wurde gestern Mittag freigelassen, nachdem sie auf der App Guilty drei Millionen Klicks erzielt hatte. Sie war wegen lebensgefährlicher Misshandlung ihres eigenen Babys verurteilt wurden. Rachel Volat war fünfundzwanzig Jahre alt. Ihr lebloser Körper wurde auf der Straße vor dem Mietshaus aufgefunden, in dem sie Unterschlupf gesucht hatte. Alles Übrige bleibt im Moment Spekulation. Wurde sie von einem oder mehreren Lynchjägern aus dem Fenster gestoßen? Hat sie sich in ihrer Verzweiflung selbst das Leben genommen? Konnte sie dem Druck nicht standhalten? Handelt es sich vielleicht sogar um einen Unfall? Die Polizei hat Ermittlungen aufgenommen. Bald werden wir mehr erfahren. Wir geben unsere Informationen selbstverständlich sofort an Sie weiter. Mit Radio Plus wissen Sie früher als alle anderen Bescheid. Bleiben Sie dran!

Und jetzt wenden wir uns Richard Clarke zu, der in wenigen Stunden aus der Haft entlassen wird. Auch er kann auf der App Guilty inzwischen drei Millionen Klicks für sich verbuchen. Der

Achtundvierzigjährige wurde vor drei Jahren wegen schwerer sexueller Belästigung Minderjähriger verurteilt. Im Verlauf des Prozesses kam es zu Zeugenaussagen von sechs Mädchen, doch die Ermittler ließen damals durchblicken, dass vermutlich von weiteren Opfern auszugehen ist. Sicher werden sich unter den Lynchjägern auch viele Familienangehörige dieser Opfer befinden, die durch die Jagd auf den pädophilen Sexualstraftäter persönlich Rache nehmen wollen. Derzeit hält Richard Clarke sich im Büro der zuständigen Richterin auf.

Wie bei allen Haftentlassenen wird auch bei Richard Clarke der Ort der Freilassung streng geheim gehalten. Wir müssen alle bis zur Datenübermittlung um neunzehn Uhr warten. Erst dann teilt uns die App Guilty seine GPS-Daten zu diesem Zeitpunkt mit und macht Angaben zu seiner körperlichen und psychischen Verfassung. Es sei denn, besonders gerissenen Lynchjägern gelingt es schon vorher, ihn aufzuspüren.

Wenn Sie mehr erfahren wollen, bleiben Sie dran! Hören Sie Radio Plus, den Sender, mit dem Sie die neuesten Nachrichten miterleben können, als wären Sie vor Ort!

Tagebuch von Ryan Riss auf seinem Handy

Die ersten Sätze sind immer die schwersten, und ich weiß nicht, wie ich anfangen soll, und noch weniger, warum ich überhaupt diese Notizen mache. Aber ich spüre, dass ich einfach alles aufschreiben muss. Für wen? Vor allem für mich selber. Damit ich etwas Abstand gewinne. Sonst wird der Druck zu groß. Und um irgendwo aussprechen zu können, worüber ich schweigen muss. Denn dazu habe ich mich verpflichtet. Wenn man sich den PFR anschließt, verpflichtet man sich dazu, niemandem gegenüber etwas von den Aktionen der Organisation zu erwähnen. So ist das, wenn man einer Untergrundorganisation mit Geheimoperationen angehört. Du musst schweigen. Immer. Darfst niemand etwas sagen. Alles muss geheim bleiben, damit die Mitglieder der Gruppe geschützt sind. Also werde ich schweigen wie ein Grab.

Die Albträume haben bei mir endlich aufgehört. Ja, es war MEIN Klick, der dreimillionste, der dazu geführt hat, dass Marc Bardys vorzeitig aus der Haft entlassen wurde. Patty Johnson hatte sich so unglaublich dafür eingesetzt, weil ihre kleine Schwester durch ihn ums Leben gekommen war. Ich hab echt lang gebraucht, bis bei mir eingesickert ist, dass ich nur einer von drei Millionen war und nicht ganz allein die Freilassung dieses Täters bewirkt habe. Dieser Klick hat mein Leben verändert. Irgendwie hat er mir die Augen geöffnet. Ich begreife jetzt besser, in welcher Welt ich eigentlich lebe.

Ich bin stolz darauf, Mitglied der PFR zu sein, und vor allem, im Team mit H. arbeiten zu dürfen.

Eine andere Justiz ist möglich. Was wir unter Gerechtigkeit verstehen, muss sich ändern. Hass und Gewalt können und dürfen nicht die Grundlage zwischenmenschlicher Beziehungen sein.

3

Helena macht sich einen Kaffee. Sie hat nur zwei Stunden ge-schlafen. Einen unruhigen Schlaf, aus dem sie immer wieder hochgeschreckt ist. Zu viele Bilder drängten sich in ihren Träu-men, immer wieder sah sie die leeren Augen der Frau vor sich, ihren toten Blick, den reglos im Schein der Straßenlampe da-liegenden Körper.

Ryan müsste bald da sein. *Der Junge*, wie sie ihn bei sich nur nennt. Voller Zuneigung. Ein guter Junge, der nachdenkt und weiß, was er will.

Helena muss an ihren ersten Einsatz bei den PFR denken. Sie war damals absolute Anfängerin, wurde mit einem echten Profi zusammengespannt, der ihr alles Wichtige beigebracht hat. Der Auftrag lautete, einen Bankräuber zu exfiltrieren, der bei dem Überfall einen Menschen getötet hatte. Jetzt ist sie an der Reihe. Heute wird sie das erste Mal ihr Wissen an einen Frischling bei den PFR weitergeben. Ein Beweis für das Vertrauen, das ihre Vorgesetzten in sie haben. Aber auch Anlass, über ihre Fehler bei früheren Einsätzen nachzudenken.

Sie stellt sich vor die weiße Magnettafel, an der alles, was sie an Informationen über Richard Clarke haben, zusammengetragen ist. Betrachtet ausführlich sein Foto. Liest zum x-ten Mal die Angaben darunter. 1,83 m groß, 87 kg schwer. 48 Jahre alt. Haare dicht, gelockt, grau meliert. Klobrillenbart in derselben Haarfarbe. Zum Zeitpunkt des Prozesses verheiratet. Inzwischen geschieden. Zwei Kinder. Ein neunzehnjähriger Sohn. Eine dreiundzwanzigjährige Tochter. Helena fragt sich, ob Clarke sie auch missbraucht hat. Oder ob er andere Mädchen vergewaltigt hat, um seine eigene Tochter zu verschonen. Sie sieht Clarke auf dem Foto in die Augen. Sie sind grau. Schwungvolle Augenbrauen. Insgesamt wirkt er jünger, als er ist. Er scheint sie herausfordernd anzusehen, unnachgiebig, willensstark. Die große Nase ist leicht schief. Schmale Lippen. Helena versucht, sich seinen Mund vorzustellen, wenn er lächelt. Bricht den Versuch ab. Sie will ihn nicht lächeln sehen. Will ihn sich nicht glücklich vorstellen. Nicht mit einer sympathischen Ausstrahlung. Plötzlich glaubt sie seinen warmen Atem zu spüren, kann sich dagegen nicht wehren. Hört seine Atemzüge ganz nah. Jede Faser ihres Körpers spannt sich an. Helena fährt sich mit der Hand über den Nacken, um die unerträglichen Empfindungen zu verscheuchen.

»Hi, alles gut?«

Helena zuckt zusammen und dreht sich um. Ryan.

»Ja«, sagt sie und bemüht sich zu lächeln. »Willst du einen Kaffee?«

»Ich hab Croissants mitgebracht. Weil es ja unser erster Tag ist ... und da hab ich gedacht ...«

»Das Team hat für uns alles zu Richard Clarke zusammengetragen. Gute Vorarbeit. Unsere Aufgabe ist jetzt, daraus die richtigen Schlussfolgerungen zu ziehen. Alles zu einem stimmigen Bild zusammenzufügen. Wir haben ein paar Stunden, mehr nicht. Je besser wir die Zielperson kennen, desto größer sind unsere Erfolgschancen.«

Ryan wirkt überrascht. Sucht nach einem freien Platz auf dem Tisch, wo er die Tüte mit den Croissants ablegen kann.

»Als Erstes sollten wir eine Liste der Orte anfertigen, wohin er fliehen könnte. Und der Personen, die ihm möglicherweise helfen.«

»Seine Frau?«, schlägt Ryan vor.

»Nach dem Prozess hat sie sich sofort von ihm scheiden lassen. Während der drei Jahre im Gefängnis hat sie ihn kein einziges Mal besucht.«

»Seine Kinder?«

»Hab ich meine Zweifel. Haben ihn ebenfalls kein einziges Mal besucht. Ein paar Briefe, das war's. Wer hat schon gerne jemand zum Vater, der Sexualstraftäter, oder noch schlimmer, pädophiler Sexualstraftäter ist.«

Der Satz schwebt einen Moment lang im Raum.

»Okay. Aber egal was er getan hat, er bleibt ihr Vater. Kommt doch vor, dass Kinder sich weigern, Anzeige gegen ihre Eltern zu erstatten. Oder? Also auch wenn sie selber missbraucht oder misshandelt wurden.«

»Scheinst dich da ja gut auszukennen.«

Die Bemerkung rutscht Helena raus.

»Ich ... ähm ... ich habe darüber Artikel gelesen. Auch ein paar Dokus gesehen.«

»Mit seinen Kindern wäre alles viel zu kompliziert. Mit ihnen muss erst viel zu viel aufgearbeitet werden, bevor er sich uneingeschränkt auf sie verlassen kann. Clarke braucht sofort Unterstützung.«

Ryan stimmt mit einem lebhaften Kopfnicken zu.

»Okay. Also ein Freund? Oder ein anderes Familienmitglied? Bruder? Onkel? Cousin?«

»Warum zwangsläufig ein Mann?«

Helenas Frage verwirrt Ryan.

»Ich … ähm … eine Frau kann ich mir schlecht vorstellen … nach dem, was er mit den Mädchen gemacht hat …«

Helena seufzt. Lächelt unmerklich.

»Tja, da muss ich dich eines Besseren belehren. Viele Mörder und Vergewaltiger bekommen im Gefängnis Heiratsanträge von Frauen, auf die Tod und Gewalt eine große Faszination ausüben. Ja, das gibt's. Kann ich nicht nachvollziehen, aber so was kommt vor. Wenn wir bei unseren Aktionen erfolgreich sein wollen, müssen wir ohne Vorurteile oder vermeintliches Bescheidwissen an die Sache rangehen. Dreckskerle können Charme haben. Mörder können sympathisch sein. Männer und Frauen können die schlimmsten Verbrechen begehen und ihre Katze, ihren Goldfisch oder ihre Kinder lieben. Unsere Zielpersonen sind Menschen. Haben alle gute und schlechte Eigenschaften. Ein freundlicher Mensch ist nicht nur freundlich. Ein böser Mensch ist nicht nur böse. Die Wirklichkeit ist immer komplex. Das ist nicht wie in einem Videospiel.«

Ryan reagiert genervt.

»Videospiel? Hast du davon überhaupt Ahnung? Sagst du das, weil ich sechzehn bin? Und weil ja alle Sechzehnjährigen viel am Computer rumhängen? Wie wär's da mal mit vorurteilsfrei?«

Helena mustert ihn einen Moment schweigend. *Starke Persönlichkeit*, denkt sie.

Sie wiederholt ihre Frage:

»Also, was meinst du? Wohin flieht er?«

Die Frage behagt ihm nicht.

»Woher soll ich das wissen?«

»Du musst in der Lage sein, dich in ihn hineinzuversetzen, wenn du wissen willst, wie er tickt.«

»Und wie soll ich es schaffen, mich in einen Pädophilen hineinzuversetzen?«

Helena lächelt.

»Noch mal: Man darf niemand auf eine einzige Eigenschaft reduzieren. Richard Clarke ist ein Mensch, alle seine Reaktionen sind menschlich. Spür dem nach, geh in dich. Also: Wenn du Richard Clarke wärst, was würdest du nach deiner Freilassung tun?«

»Kontakt mit Personen aufnehmen, denen ich vertrauen kann. Die mich nicht verraten werden.«

»Und wer könnte das sein? Wem kann ein Typ wie Richard Clarke sein Vertrauen schenken?«

Auf Ryans Stirn sind Schweißtropfen zu sehen.

»Menschen wie er selbst, die in dem, was er getan hat, nichts Schlimmes sehen.«

»Vielleicht ein Pädophilennetzwerk?«

Helena häuft Frage auf Frage, so schnell, dass Ryan dazwischen kaum Luft holen kann.

»Ähm … ja … keine Ahnung.«

»Du glaubst also, dass es so etwas wie Solidarität unter Pädophilen geben könnte?«

»Warum nicht?«, verteidigt sich Ryan.

»Unmöglich. Voraussetzung dafür wäre, dass alle Pädophilen gemeinsame Persönlichkeitsmerkmale haben. Studien beweisen aber, dass das nicht der Fall ist. Das Einzige, was sie vereint, ist die Tatsache, dass sie sich zu Kindern hingezogen fühlen. Es gibt nur eine Art der Beziehung zwischen ihnen, nämlich den Austausch von pornografischen Fotos oder Videos. Aufnahmen von missbrauchten Kindern. Das reicht nicht aus, um zwischen ihnen so etwas wie Solidarität entstehen zu lassen. Dafür sind die Täter alle viel zu unterschiedlich.«

Ryan denkt einen Moment nach.

»Sie könnten zu Menschen fliehen, bei denen sie vielleicht Vergebung finden können.«

»An wen denkst du dabei?«

»Ähm ... vielleicht Priester.«

Helena schüttelt den Kopf.

»Nein. Die haben viel zu sehr mit ihren eigenen Problemen zu kämpfen. So was können die sich jetzt nicht leisten. Daran glaube ich keine Sekunde. Also?«

Ryan seufzt, fährt sich nervös durch die Haare.

»Ich streiche die Segel.«

»He, das ist kein Wettkampf, aus dem du aussteigen kannst. Wir haben den Auftrag, ein Individuum zu exfiltrieren. Wir sind der Überzeugung, dass eine gerechtere Rechtsprechung möglich ist. Wir müssen ihn finden. DU musst ihn finden.«

»Ich habe keine Ahnung«, murmelt er.

»Versetze dich in seine Situation. Stell dir vor, man hätte dich gerade freigelassen. Deine Frau hat sich von dir scheiden lassen. Deine Kinder reden nicht mehr mit dir. Deine Freunde wollen mit dir nichts mehr zu tun haben. Du bist ein PÄ-DO-PHI-LER! Du bist in ihren Augen ein Monster. Ein MONSTER!«

»Ich ... ich habe keine Ahnung.«

»Du musst aber eine Idee im Kopf haben, sonst bist du den Lynchmördern sofort ausgeliefert. Dann geht deine Lebenserwartung gegen null und du wirst einen grauenhaften Tod sterben.«

Ryan zuckt mit den Schultern.

»Du bist Richard Clarke. Du bist ein Pädophiler und alle Welt hält dich für ein Monster. Wenn du nicht blitzschnell handelst, wirst du sterben.«

»Ich würde aus der Stadt fliehen.«

»Wohin?«

»Weit weg. Ganz weit weg. Dorthin, wo man mich nicht finden kann.«

»Warum?«

»Vielleicht ... um ein neues Leben anzufangen ...«

»... oder um mir wieder Kinder zu schnappen, mit denen ich Sex haben kann.«

Darauf antwortet Ryan nichts mehr.

»Und genau deshalb müssen wir ihn exfiltrieren und es ihm ermöglichen, seine Strafe abzubüßen. Damit er sicher verwahrt ist. Und damit er eine Therapie und Hilfe erhält.«

Helena geht auf Ryan zu und legt ihm die Hand auf die Schulter.

»Du hast recht. Er wird aus der Stadt fliehen. Auch wenn er weiß, dass seine elektronische Fußfessel jeden Abend um neunzehn Uhr seinen genauen Standort übermittelt. Aber wir werden ihn noch vor der ersten Datenübermittlung exfiltriert haben.«

»Wie?«

Helena lächelt.

»In diesem Moment tagt eine Expertenkommission, die darüber berät, wo Richard Clarke freigelassen werden soll. Wie es der Zufall will, haben wir in der Kommission einen Verbündeten sitzen.«

Auszug aus dem Sitzungsprotokoll
Helena Varance bei ihrem Therapeuten Dr. Serge Nalo

Ich erinnere mich an den Geruch von kaltem Tabak an seinen Fingern. Ich erinnere mich an das Schweigen. Niemals ein Wort. Immer nur sein Atem, der immer schneller ging. Ich erinnere mich an die Wärme seines Atems. Erst an meinem Ohr, dann an anderen Stellen meines Körpers.

[Schweigen]

Das mag alles so wirken, als ob es klein und unbedeutend wäre. Aber es war wie lauter Messerstiche. Und merkwürdigerweise habe ich einen Augenblick später keinen Schmerz mehr gespürt. Als würde ich nichts mehr fühlen.

[Schweigen]

Mein Körper war nur noch eine träge, empfindungslose Masse. Ich war ich und gleichzeitig war ich nicht mehr ich. Mein Körper gehörte nicht mehr zu mir.

[langes Schweigen]

[Tränen]

Ich kann nicht mehr weiterreden. Heute nicht mehr.

4

Tag 2, 13.45 Uhr

Helena und Ryan haben direkt neben dem Eingang geparkt.
Ein Schild am Gittertor verkündet, dass der Zutritt zum Park
verboten ist.

AUS SICHERHEITSGRÜNDEN
BLEIBT DER PARK AUFGRUND
NOTWENDIGER BAUMASSNAHMEN
BIS AUF WEITERES GESCHLOSSEN.
DANKE FÜR IHR VERSTÄNDNIS.

Sie sitzen im Auto und warten. Alles wirkt wie ausgestorben.
Nirgends ist ein Mensch zu sehen. Sie blicken auf einen kleinen
Platz. Direkt dahinter führt eine viel befahrene Nationalstraße
vorbei. Vor allem Lastwagen sind darauf unterwegs. Unablässig
ist Motorenlärm zu hören. Zwei weitere Fahrzeuge der PFR haben vor ihnen und hinter ihnen geparkt. Von Richard Clarke
droht keine Gefahr, aber so lauten die Vorschriften.
    13.48 Uhr

Helena klopft mit den Fingern nervös auf das Lenkrad, im Rhythmus des Songs, der sich wie ein Ohrwurm in ihr festgefressen hat. Die Spannung ist spürbar. Warten. Unsicherheit. Ungewissheit. Viel zu viele Fragen, auf die es noch keine Antworten gibt. Wie wird Richard Clarke reagieren, wenn er sie sieht? Wird er ihr zuhören? Wird er begreifen, dass die PFR seine einzige Chance sind?

»Kann es gefährlich werden?«, fragt Ryan.

»Im Prinzip nein.«

»Wie meinst du das?«

Helena muss an die Lynchjäger denken, die ihr am frühen Morgen den Weg versperrt haben. Irgendwann wird einer von diesen Typen eine Waffe ziehen, da ist sie sich sicher. Einer, der nicht wirklich vorne mitmischt. Oder einer, der was getrunken hat. Oder einer, der sich vom Jagdfieber hinreißen lässt. Es wundert sie, dass es bisher noch zu keinem ernsthafteren Zwischenfall gekommen ist. Die Auseinandersetzungen zwischen den PFR und den Lynchjägern beschränken sich immer auf Beschimpfungen und Prügeleien, mehr passiert nicht. Stets siegte dabei bisher die Vernunft – oder wie auch immer sie es nennen soll.

Sie starrt auf ihr Handy. 13.50 Uhr. Wie erwartet, fängt es zu vibrieren an. Eine neue Nachricht.

> X

Nur ein einziges Zeichen, um die Auskunft ihres Kontakts in der Expertenkommission zu bestätigen. Richard Clarke wird um 14.00 Uhr genau hier, an dieser Stelle, freigelassen werden.

Ryan hat sofort begriffen. Er setzt sich auf, lässt mal rechts, mal links die Schultern kreisen, um trotz der Anspannung nicht zu sehr zu verkrampfen.

»Was sind das für Leute in der Expertenkommission? Wer entscheidet, wo die Gefangenen freigelassen werden?«

»Richter, Polizisten, zwei oder drei Spezialisten für irgendwas.«

»Und euer Kontakt? Wer ist der Mann?«

Helena dreht sich zu ihm.

»Du erwartest nicht, dass ich dir darauf antworte, oder? Außerdem weiß ich es selbst nicht. Das ist auch besser so. Du wirst dich daran gewöhnen, manches besser nicht zu wissen.«

»Okay ...«

13.53 Uhr.

Helena wiederholt innerlich die Sätze, die sie zur Zielperson sagen wird. Damit alles so glatt wie möglich abläuft, muss sie überzeugend sein. Und auch damit sie den Fall schnell abschließen kann. Je länger sie damit beschäftigt ist, desto größer wird die Gefahr, dass ihre Wunden sich öffnen und schmerzen, als wäre seither kein einziger Tag vergangen. Sie spürt, wie alles in ihr sich verkrampft und anspannt. Als ob Stiche in ihren ganzen Körper ausstrahlen. Wenn Clarke nicht sofort kommt, wird es sich für sie gleich anfühlen, als würden ihr glühende Eisen auf die Haut gedrückt, für unendlich lange Minuten. Und ihre Verzweiflung und die Schreie, die sie innerlich zerfetzen, können nichts dagegen ausrichten.

13.55 Uhr.

»Du steigst mit mir aus, aber du hältst dich im Hintergrund. Kontrollier deine Bewegungen, gestikulier nicht wild herum. Wir dürfen ihn durch nichts erschrecken. Du hörst nur zu, du sagst nichts. Egal was passiert. Okay?«

»Okay.«

»Angst ist eine schlechte Ratgeberin. Wenn wir ihn überzeugen wollen, muss er sich sicher fühlen. Die kleinste Geste kann ihn verschrecken, dann reagiert nur noch der Instinkt, und er kommt nicht mit. Außerdem kann die Sache dann schnell eskalieren.«

»Für den Fall gibt es die Exfiltrationskommandos, oder?«

»Die Exfiltrationen müssen unauffällig geschehen. Jedenfalls so weit wie möglich. Bei einer Eskalation verschwinden wir.«

13.57 Uhr.

Ein weißer Kastenwagen fährt vorbei, bremst ab. Hält ein paar Meter vor ihnen.

»Da sind sie.«

Helena öffnet die Autotür einen Spalt. Um keinen Verdacht zu erregen, will sie warten, bis der Transporter wieder losgefahren ist. Sie muss die Kontaktperson der PFR schützen. Aus der Schiebetür steigt die Zielperson aus. Richard Clarke. Er trägt Jeans und ein kurzärmliges Hemd, beides viel zu weit. Sein Gesicht ist hager geworden. Seine Haare sind deutlich grauer als auf dem Foto, der Bart ungepflegter. Er wirkt erschöpft. Von seinem blendenden Aussehen ist nichts mehr übrig. Kaum ist der weiße Transporter weg, steigt sie aus und geht auf den Mann zu.

»Richard Clarke?«

Er dreht sich überrascht zu ihr.

»Ich bin hier, um Ihnen zu helfen«, sagt Helena. »Er gehört zu mir.« Sie deutet auf Ryan, der sich ebenfalls nähert. »Wir sind beide von den Partisanen für mehr Rechtsgerechtigkeit. Wir können Ihnen eine Alternative anbieten, einen Ausweg aus der Falle, in der Sie stecken.«

Der Mann zögert. Er blickt sie auffordernd an. Bleibt aber nicht stehen.

»Sie können den Rest Ihrer Haftstrafe in Sicherheit in einem Gefängnis abbüßen. Bei uns kann Ihnen nichts geschehen. Und gleichzeitig bieten wir Ihnen ein Therapieprogramm für Sexualstraftäter an, mit späterer Wiedereingliederung in die Gesellschaft.«

Clarke bleibt stehen. Mit zusammengekniffenen Augen mustert er Helena. Wahrscheinlich hat er nicht erwartet, dass sie so viel über ihn weiß. Und erst recht nicht, dass sie es so offen anspricht.

»Es ist wichtig, dass Sie Ihr Problem mithilfe eines Therapeuten angehen.«

Sein Blick wirkt einen Moment verschattet.

»Was geschehen ist, ist geschehen. Aber mit der Gefängnisstrafe werden Sie Ihre Schuld gegenüber Ihren Opfern und der Gesellschaft begleichen. Es gibt nicht nur die Vergangenheit. Denken Sie auch an die Zukunft. Eines Tages werden Sie als freier Mann aus dem Gefängnis entlassen und dann ...«

Helena spricht nicht weiter. Die Worte bleiben ihr im Hals stecken. Ihr Herz beginnt laut zu pochen. Sie würde sich gerne irgendwo festhalten, damit Clarke nicht bemerkt, wie sie schwankt. Sie kann seinem Blick nicht mehr standhalten. Ihr ist, als würde sie an einer Felswand in die Tiefe stürzen.

»Helena?«, ruft Ryan.

In ihren Ohren summt es. Hat er wirklich ihren Namen gerufen?

Sie atmet tief ein, um wieder zu sich zu kommen. Da übertönen Motorenlärm und das Quietschen von Reifen auf dem Asphalt den Summton in ihren Ohren. Ein Auto hält an, eine Frau und ein Mann springen heraus.

»Da ist er!«

5

Richard Clarke nutzt das Durcheinander, um über das ver-
schlossene Gittertor in den Park zu klettern. Helena würde ihm
gerne nachsteigen, aber die Frau versperrt ihr den Weg. Der
Mann, mit dem sie gekommen ist, klettert bereits ebenfalls über
das Tor. Auf der anderen Seite angekommen, zieht er einen Revolver und schießt zwei Mal. Richard Clarke rennt weiter. Er
wurde offensichtlich nicht getroffen. Alarmiert von den Schüssen, stürzen Helenas Kollegen herbei.

»Im Park!«, brüllt Helena. »Der Verfolger ist bewaffnet!«

»Schämen Sie sich nicht, einem solchen Drecksack zu helfen?«, ruft die Frau.

Sie hat ein knochiges Gesicht, mit harten Zügen. Scheint in
den Vierzigern zu sein, wirkt aber älter. Die Haare hat sie streng
zurückgebunden. Ihre Stirn ist von vielen Falten durchzogen.
Sicherlich wird sie von Ängsten und Albträumen geplagt. Was
aber Helena am meisten auffällt, ist die Blässe ihres Gesichts.
Große Erschöpfung und Verzweiflung drücken sich darin aus.
Ihre Worte schießen wie spitze Pfeile zwischen den schmalen

Lippen hervor. Sind wie Peitschenschläge. Helena versucht, den Gefühlen standzuhalten, die auf sie einstürmen.

»Er hat ein Recht darauf, seine Strafe abzubüßen«, mischt Ryan sich ein, der beschwichtigend die Arme hebt.

Helena macht einen Schritt zur Seite, aber die Frau stellt sich ihr wieder in den Weg, will sie nicht vorbeilassen. Sie beschließt, zum Auto zurückzugehen.

»Und meine Tochter?«, fragt die Frau, die Helena nicht von der Seite weicht. »Was ist mit meiner Tochter? Hatte sie nicht ein Recht darauf, in Ruhe und Frieden zu leben? Der Drecksack hat sie vergewaltigt und seither ist sie nicht mehr dieselbe!«

»Er wird in Behandlung kommen«, antwortet Ryan, um einen ruhigen Tonfall bemüht.

Die Frau tritt ganz nahe an Helena heran, die gerade die Autotür öffnet. Mustert sie scharf.

»Sind Sie sich sicher, dass er nicht wieder damit anfängt? Wie viele Kinder sollen noch seine Opfer werden?«

Sie klammert sich an die Autotür, damit sie offen bleibt. Helena lässt den Motor an.

»Wir werden darüber wachen, dass er seine Medikamente nimmt«, antwortet Ryan.

»Steig ein!«, befiehlt ihm Helena. »Das hat keinen Zweck.«

Ryan rührt sich nicht. Die Frau fährt fort:

»Es hätten auch Sie sein können!«

»STEIG EIN!!!!«, brüllt Helena.

Ryan steigt ein, zieht die Tür auf seiner Seite zu. Helena schaltet in den ersten Gang und fährt los. Schließlich lässt die Frau die Autotür los, an die sie sich immer noch geklammert hat.

»Wir sind nicht da, um mit anderen Leuten zu diskutieren!«, schimpft Helena, die ihre innere Anspannung loswerden muss.

Sie dreht den Kopf nach rechts und nach links, sucht nach einer Möglichkeit, auf die Rückseite des Parks zu gelangen, zum Hinterausgang.

»Ich hab nur versucht …«

»Ich hatte dich gebeten, zu schweigen und dich im Hintergrund zu halten. Du bist nicht dabei, um dich selber einzumischen. Du bist dabei, um zu beobachten und zu lernen. Mehr nicht! Scheiße, wir müssen Clarke unbedingt finden, bevor der Typ ihn erschießt.«

Abrupt biegt sie nach rechts in eine kleine Seitenstraße ein, fährt auf den Gehsteig hoch, um einem entgegenkommenden Fahrzeug auszuweichen, tritt aufs Gaspedal. Sie weiß, dass es nicht richtig von ihr war, Ryan so zusammenzustauchen. Aber sie hat eine riesige Wut im Bauch, die sie nicht mehr kontrollieren kann.

Ryan hat sich zum Seitenfenster gedreht, in Richtung Park.

»Da! Ich sehe ihn!«

Helena würde gern auch hinsehen, aber die Straße ist so schmal, dass sie es sich nicht erlauben kann, einen Moment unaufmerksam zu sein.

»Was siehst du genau?«

»Er rennt.«

»Und die anderen?«

»Der Mann von eben ist ein Stück hinter ihm. Die Kollegen versuchen aufzuholen.«

Helena hätte gerne eine präzisere Schilderung, aber für Ermahnungen ist jetzt keine Zeit. Sie befürchtet, dass gleich noch ein Schuss fällt. Und dass es diesmal ein Treffer ist.

»Wir müssen den Ausgang finden!«

Bei Ryans Bemerkung muss sie bitter lächeln. Den Ausgang finden. Einen Ausweg. Die Lösung für ihre Probleme.

Sie biegt zweimal scharf ab, bremst dann abrupt, um nicht einen Radfahrer über den Haufen zu fahren. Der Mann schüttelt wütend die Faust, beschimpft sie lautstark. Als sie langsam an ihm vorbeifährt, tritt er mit dem Fuß gegen das Auto. Ruft ihr zu, sie sei eine Schlampe. Ryan dreht den Kopf zu Helena, wartet auf ihre Reaktion.

»Schau in die andere Richtung! Zum Park!«

In diesem Augenblick ist ein Schuss zu hören.

»Was ist los?«

»Kann ich nicht sagen«, antwortet Ryan. »Ich sehe nur den Bauzaun.«

Helena schlägt mit der Faust aufs Lenkrad. Sagt sich, dass sie die falsche Entscheidung getroffen hat und über den Zaun hätte klettern sollen. Richard Clarke verfolgen. Aber sie hat ja den Jungen dabei. Den konnte sie weder zu so einer Verfolgungsjagd mitnehmen noch bei der wütenden Mutter des Opfers lassen. Er ist zu unerfahren. Beides wäre zu gefährlich gewesen. Sie gibt noch mehr Gas und hofft, dass Clarke durch den Schuss nicht getroffen wurde. Sie würde gern mit den anderen aus dem Einsatzkommando Kontakt aufnehmen. Aber sie möchte nicht, dass sie durchs Telefonieren langsamer fährt. Sie müssen Clarke unbedingt einholen. Deshalb schickt sie ihnen lediglich ihre GPS-Daten.

Endlich kann sie rechts in eine Straße einbiegen, die direkt am Park entlangführt. Nach einer Weile gelangen sie zum Hintereingang. Helena parkt das Auto. In der nächsten Sekunde springen sie alle beide heraus. Ryan ist als Erster über das Gittertor geklettert und wartet auf der anderen Seite.

»Steh nicht dumm rum!«, ruft sie ihm zu. »Renn los!«

Erst mit dem einen Bein oben über das Gitter, dann mit dem

zweiten. Helena stößt sich ab, landet auf der anderen Seite, rennt ebenfalls los. Eine Gruppe Arbeiter brüllt ihr nach:

»He! Sie haben hier nichts zu suchen! Betreten der Baustelle verboten!«

Die Arbeiter haben nicht mitbekommen, was sich im Park gerade abspielt. Der Krach der Maschinen und Fahrzeuge hat die Schüsse übertönt, die Lärmschutzhelme haben alles abgedämpft. Helena beachtet sie nicht weiter. Sie muss unbedingt Richard Clarke finden. Ryan ist an der nächsten Weggabelung links abgebogen. Sie biegt erst nach rechts ab, stoppt aber nach ungefähr fünfzig Metern ab und rennt quer über den Rasen in dieselbe Richtung wie er. Sie darf ihn nicht alleinlassen.

Bäume und Büsche versperren Helena einen Moment die Sicht. Sie versucht, noch schneller zu rennen. Keucht. Verflucht ihre mangelnde Fitness. Der Einsatz vergangene Nacht. Zu wenig Schlaf. Als sie endlich bei Ryan ist, streitet er sich mit dem Mann und der Frau von vorhin. Der Mann bedroht Ryan mit dem Revolver und beschimpft ihn.

»Es ist eure Schuld!«

Helena wird klar, dass Richard Clarke entkommen konnte.

»Ihr seid auf der Seite der Vergewaltiger. Euch sollte man auch erschießen!«

»Immer mit der Ruhe«, ruft Helena. »Ich verstehe, dass Sie wütend sind. An Ihrer Stelle wäre ich das auch. Aber wenn Sie uns jetzt töten, hätten Sie damit bloß Ihr Leben ruiniert. Sie kämen ins Gefängnis. Vielleicht würden Sie eines Tages ja auch vorzeitig aus der Haft entlassen – und dann würde auf Sie Jagd gemacht.«

»Steck die Waffe weg«, sagt die Frau. »Sie hat recht. Lass uns nach Hause fahren. Den kriegen wir später.«

Der Mann zögert, murmelt ein paar unverständliche Sätze.

»Fangen Sie mit Ihrem Zorn etwas Sinnvolles an«, fährt Helena fort. »Es gibt Vereine für …«

Der Mann lacht höhnisch auf, packt seine Frau am Arm und marschiert davon.

»Alles okay bei euch?«, fragt ein Kollege des Einsatzkommandos, als er außer Atem bei ihnen ankommt.

Helena nickt.

»Wir haben Clarke verloren«, verkündet er.

Tagebuch von Ryan Riss auf seinem Handy

Erster Einsatz. Erste Eindrücke. Erste Lügen. Von H. kriege ich kein klares Bild. Manchmal dreht sie aus irgendeinem Grund fast durch und macht mich dann total blöd an. Aber wie sie mit dem Mann mit der Knarre geredet hat, das war voll cool. Den hat sie echt runtergeholt. Durch ihre Ruhe, ihre Kraft als Mensch, durch das, was sie gesagt hat. Ich bewundere sie sehr! Ihr Vorbild bestärkt mich in meiner Entscheidung, den PFR beizutreten. Zurück im Büro musste ich meinen ersten Einsatzbericht schreiben. Den Moment, in dem ich allein dem bewaffneten Lynchmörder gegenübergestanden bin, habe ich nicht erwähnt. Statt »hat mich bedroht« habe ich geschrieben »hat uns bedroht«. Ich habe das Gefühl, dadurch so etwas wie eine Komplizenschaft mit H. aufzubauen. Uns verbindet jetzt etwas. Darauf bin ich stolz.

6

Helena ist in ihre Wohnung zurück. Dort will sie bleiben, bis um neunzehn Uhr auf der App *Guilty* die genauen Standortdaten von Richard Clarke durchgegeben werden. Falls die anderen ihm vorher auf die Spur kommen, sollen sie sofort anrufen. Sie braucht unbedingt etwas Schlaf, um sich zu erholen und ihre Gedanken zu ordnen.

Kaum hat sie die Wohnung betreten, fühlt sie sich ruhiger werden. Der vertraute Geruch ihrer Alltagsrituale umhüllt sie. Wie ein weicher Kokon, in dem sie sich eingesponnen hat. Sie geht in die Küche, stellt die Kaffeemaschine an, begibt sich wieder ins Wohnzimmer, das ganz in Beige- und zarten Grüntönen gestaltet ist. Farben, bei denen sie sich entspannen kann. Sie spürt, wie sich in ihr ein Wohlgefühl und so etwas wie innerer Frieden ausbreitet. Wie immer versenkt sie sich ein paar Minuten lang in das riesengroße Foto an der Wand, das einen weiten, unbegrenzten Horizont zeigt. Erst in unendlicher Ferne gehen Meer und Himmel ineinander über.

Helena lässt sich auf ihre Couch fallen, drückt fest ein Kissen an sich und schläft sofort ein. Sie hört nicht das Piepsen, als der Kaffee fertig ist. Sie bekommt auch nicht mit, welches Chaos sich draußen auf der Straße abspielt, als ein geparkter Lieferwagen den Verkehr verstopft und die Autofahrer genervt hupen. Sie ist abgetaucht. Weit weg. Sehr weit weg. Trotzdem wird sie von leisen Schritten geweckt. Von Schritten, die sich zögernd nähern, kaum den Boden berühren. Sofort ist sie angespannt. Sie rührt sich nicht. Bemüht sich, tief durchzuatmen. Ruhige, gleichmäßige Atemzüge. Stellt sich schlafend. Jetzt bloß nicht die Augen öffnen, sich keinesfalls bewegen. Das ist ihre einzige Möglichkeit, sich zu entziehen. Als nichts geschieht, öffnet sie vorsichtig ein Auge. Sie liegt auf der Couch in ihrem ruhigen, lichtdurchfluteten Wohnzimmer. Sie hat nur geträumt. Helena umklammert das Kissen noch fester, betrachtet das Foto an der Wand, um ihre schwarzen Gedanken zu vertreiben. Stellt sich vor, auf dem Meer dahinzutreiben, weit, weit weg. Noch über den fernen Horizont hinaus. Sie lässt sich von den Wellen schaukeln. Spürt die Sonnenstrahlen im Gesicht.

Später hört sie, wie ihr Vorname gerufen wird. Man sucht nach ihr. Die Rufe hören nicht auf. Sie hat keine Lust, sich zu rühren. Zusammengekauert liegt sie da. Wenn sie könnte, würde sie ihren Zufluchtsort nie mehr verlassen, ihr geheimes Versteck, das keiner kennt. Den winzigen Verschlag unter der Treppe, die in den Keller des Mietshauses führt. Dort kann sie weinen. Dort kann sie sich ein anderes Leben erträumen. In ein Anderswo fliehen, das nur ihr allein gehört. Wo niemand sie mehr finden kann.

Als Helena aufwacht, hat sie Kopfschmerzen. Sie fühlt sich, als wäre ihr Kopf in eine Schraubzwinge eingespannt, die unerträglich fest gegen ihre Schläfen presst. Es ist 17.34 Uhr. Sie steht auf, stellt sich unter die Dusche, bleibt dort lange unter dem heißen Wasserstrahl, um alles von sich abzuspülen. Danach zieht sie sich an. Geht in die Küche. Der Kaffee, der schon lange durch den Filter gelaufen ist und immer noch warm gehalten wird, schmeckt grauenhaft. Sie trinkt ihn trotzdem. Nur ungern verlässt sie ihre Wohnung. Zündet davor noch ein Räucherstäbchen an. Vielleicht werden dadurch ja die bösen Geister der Vergangenheit vertrieben. Hastig stürmt sie die Treppe hinunter und atmet auf der Straße tief durch, um wieder ganz in der Gegenwart anzukommen.

In der kleinen Wohnung, in der die Einsatzkommandos der PFR sich immer treffen, wartet Ryan auf sie. Noch stärker als vorher fällt ihr auf, wie jung er noch ist. Ein kleiner, dummer Junge. Warum hat sie bloß zugestimmt, seine Ausbilderin zu sein? Ihn zu ihren nächsten Einsätzen mitzunehmen. Bei Exfiltrationen. Aber es ist jetzt, wie es ist. Und sie hatte sowieso keine Wahl. Die Wanduhr zeigt 18.41 Uhr. Sie hat drei Stunden geschlafen. Ob das ausreicht?

Ryan beobachtet sie. Wartet darauf, dass sie als Erste etwas sagt.

»Gibt's was Neues?«, fragt sie schließlich.

»Nichts. Richard Clarke ist wie … wie vom Erdboden verschluckt. Die Kommandos, die in der Umgebung des Parks nach ihm gesucht haben, sind auf keinerlei Spuren von ihm gestoßen.«

»Intelligent. Manipulativ.«

Helena schaut aus dem Fenster. Schwere dunkle Wolken ziehen über den Himmel, es fängt zu regnen an.

»Weißt du vielleicht, wo er ist?«, fragt Ryan voller Hoffnung.

Helena dreht sich um.

»Er kann überall sein.«

Ryan runzelt die Stirn.

»Aber gestern hast du mir doch noch gesagt, ich soll mir eine Liste machen mit Orten, an denen er …«

»Ja, weil ich dir beibringen möchte, auch mal selber nachzudenken«, erwidert sie.

Helena spürt, dass ihre Bemerkung den Jungen verletzt. Das war nicht ihre Absicht. Sie will gerade eine Erläuterung nachschieben, als ihr unmittelbarer Vorgesetzter das Zimmer betritt. Er heißt Philip, ist achtunddreißig. Sie weiß von ihm nicht viel, nur dass er eine Zeit lang in der Armee war, einen Sohn aus erster Ehe hat und auch seine zweite Ehe irgendwie in der Krise steckt. Aber er redet nie darüber. Aus seiner Zeit beim Militär hat er seine steife Haltung und eine Sprechweise wie ein Fallbeil.

»Es ist gleich sieben Uhr.«

Jeder im Raum weiß, was das bedeutet. Alle greifen nach dem Handy, um die App *Guilty* aufzurufen.

»Die Richterin hat verkündet, dass über die Zusammensetzung der Expertenkommission, die den Ort der Freilassung bestimmt, neu entschieden wird. ›Zu viele undichte Stellen‹, lautete die Begründung. Die PFR wurden nicht erwähnt.«

»Das Lynchmörderpaar war fast zur selben Zeit zur Stelle wie wir«, ruft Ryan.

»Die Kinderschutzliga ist bestens vernetzt und weiß, wie sie für ihre Anliegen mobilisiert«, sagt Philip. »Sobald es um Kinder geht, lassen sich sogar die unbestechlichsten Geister einspannen.«

Helena blickt auf ihr Handy, wartet darauf, dass Clarkes Daten angezeigt werden: sein Aufenthaltsort, aber auch die Ziffern zu seinem körperlichen und psychischen Zustand.

Richard Clarke
Sexueller Missbrauch
von Minderjährigen
48 Jahre
Gefährlichkeit: 1/10
Puls: xxx
Emotionaler
Stabilitätsindex: x/10
Keine Daten verfügbar

Bei einer Angabe bleibt sie hängen: Clarkes Gefährlichkeit wurde von der Richterin als 1/10 eingestuft. Das fühlt sich für Helena wie eine heftige Ohrfeige an. Schmerzhaft und demütigend. Clarke ist vielleicht nicht gefährlich für die, die ihn verfolgen. Aber sehr wohl für die Mädchen, die ihm über den Weg laufen. Oder die Jungen. Darüber schweigen die Angaben zu seinem Fall. Ist jetzt aber auch nicht das Entscheidende.

Mit der Einstufung seiner Gefährlichkeit auf 1/10 hat Helena das Gefühl, dass man ihr eigenes Leid nicht ernst nimmt. So wie damals ihre Mutter. Denn ihre Mutter wusste natürlich Bescheid. Davon lässt Helena sich nicht abbringen.

Um neunzehn Uhr ertönt im Raum ein vielstimmiges überraschtes *Oh*. Richard Clarkes Daten wurden von einem Standort in fast zweihundert Kilometer Entfernung übermittelt.

In Helenas Kopf fängt es sofort zu rattern an. Wie ist er dorthin gekommen? Hatte er Komplizen? Blitzschnell recherchiert sie. Es gibt keine Eisenbahnverbindung. Er muss also mit dem Auto gefahren sein.

»Wir haben in dem Ort ein Einsatzkommando«, teilt Philipp mit.

»Ich fahr sofort hin!«, ruft Helena.»Ich kenne den Fall in- und auswendig. Du hast mir die Leitung übertragen. Ich will das jetzt durchziehen!«

Sie weiß, dass Philip gar nicht vorhatte, sie von dem Fall abzuziehen. Sondern nur von ihr hören wollte, dass sie hundertfünfzigprozentig dabei ist. Auch dabei muss es sich um einen Überrest aus seiner Militärzeit handeln.

»Okay«, lautet Philips Antwort.»Ihr habt eine Stunde, um eure Sachen zu packen.«

»Ihr?«, fragt Helena.

»Du nimmst Ryan mit.«

»Aber ...«

»Ich setze mich mit dem Kommando vor Ort in Verbindung. In einer Stunde seid ihr hier. Abfahrbereit.«

»Mein Rucksack ist gepackt!«, ruft Helena und deutet auf den Wandschrank.»Ist für den Notfall immer da drin.«

Damit hofft sie, sofort aufbrechen zu können – und vor allem ohne Ryan. Sie mag den Jungen, aber ihn jetzt mitschleppen zu müssen, findet sie lästig. Und sie hat im Moment nicht den Kopf dafür frei, sich um ihn zu kümmern.

Philip geht darauf nicht ein.

»In einer Stunde. Hier. Alle beide.«

Auszug aus dem Sitzungsprotokoll
Helena Varance bei ihrem Therapeuten Dr. Serge Nalo

Ja, das war öfter als einmal.
[Schweigen]
Es ging etwas mehr als drei Jahre so. Drei Jahre, zwei Monate und dreizehn Tage.
[Schweigen]
Ich habe die Tage so genau zählen können, weil es an meinem Geburtstag angefangen hat. Als ich zehn geworden bin. Ich erinnere mich noch an die Kerzen auf meinem Geburtstagskuchen. Ich hatte mir einen Schokokuchen gewünscht, mit kleinen Schokostückchen drin. Oben war er mit buntem Zuckerzeug geschmückt, kleine Blüten und so. Der Kuchen war wunderschön, ich hab ihn lang angeschaut, bevor ich die Kerzen ausgeblasen habe. Man zögert ja auch, von einer Mauer zu springen. Oder von einer Brücke in den Fluss. Solange ich die Kerzen nicht ausblies, war ich noch neun Jahre. Ungefähr so was dachte ich mir wohl. Vielleicht hatte ich irgendeine merkwürdige Vorahnung.
[Schweigen]

Bei einer Kerze, sie war rot, lief das Wachs
aus, über eine Zuckergussblüte und dann über den
Kuchen. Da war klar, dass ich die Kerzen jetzt
alle ausblasen musste. Um mich herum klatschten
alle. Vom Rauch der ausgeblasenen Kerzen musste
ich husten.

[Schweigen]

Und dann war ich zehn.

7

Es regnet. Die Scheinwerfer der entgegenkommenden Autos bohren sich mit tausend spitzen Lichtsplittern in ihre Augen. Helena fährt schnell. Sie muss die Zeit aufholen, die sie durch das Warten auf Ryan verloren hat. Ihre Kopfschmerzen sind schlimmer geworden, und die Tablette, die sie kurz vor der Abfahrt schnell noch geschluckt hat, entfaltet bisher keine Wirkung. Sie zwingt sich, tief durchzuatmen. Hat das Gefühl, dass auf ihrer Brust ein schwerer Balken lastet. Zu schwer, um ihn auch nur einen Augenblick zu vergessen. Wenn sie unter dem Lichtschein einer Straßenlampe hindurchfahren, glaubt sie manchmal auf dem Asphalt den reglosen Körper von Rachel Volat liegen zu sehen. Helena muss dann jedes Mal heftig blinzeln, um den Blick ihrer toten Augen loszuwerden. Und die Blutlache zu vergessen, die sich unter ihrem Kopf ausgebreitet hat.

Ryan sitzt neben ihr und hat die Augen nach vorne auf die Straße gerichtet. Seit sie losgefahren sind, haben sie kein Wort miteinander geredet. Ryan hatte seinen Rucksack auf den Rücksitz geschmissen, sich auf den Beifahrersitz gesetzt und schweigend den Sicherheitsgurt umgelegt. Helena weiß, dass sie die gemeinsame Fahrt nutzen sollte, um mehr von Ryan zu erfahren und ihn besser kennenzulernen. Aber sie hat dazu weder die Kraft noch das Bedürfnis. Die Regentropfen prasseln in monotonem Rhythmus auf das Autodach. Sie muss aufpassen, dass sie nicht einschläft. Besser mal das Radio einschalten. Helena erkennt sofort die Stimme des Moderators. Der Apparat hat automatisch nach der Frequenz von Radio Plus gesucht.

Sie hören Radio Plus, den Sender, mit dem Sie die neuesten Nachrichten miterleben können, als wären Sie vor Ort!

Der bekannte Moderator hat eine riesige Fangemeinde, aber auch viele Gegner. Alle Welt hört seine Sendung, weil er zwar viel Unsinn daherredet und zweifelhafte Ansichten vertritt, man aber von ihm immer die neuesten Nachrichten erfährt. Und auch die Stimmung in der Bevölkerung. Helena befürchtet, dass der Mann mit seinem Gequatsche nach und nach die gesamte Hörerschaft beeinflusst und das Gesetz zur vorzeitigen Haftentlassung durch ihn mehr und mehr zur von allen akzeptierten Normalität wird.

Sie muss an ihren Vater denken, der Richter war und ein großer Verteidiger des liberalen Rechtsstaats … Mit dem Gesetz zur vorzeitigen Haftentlassung hatte er sich nicht mehr befassen müssen, da er vor dessen Inkrafttreten an einem Herzinfarkt starb. Unzählige Abende, Wochenenden, manchmal auch den ganzen Urlaub hatte er im Justizpalast verbracht, um sich auf seine Gerichtsprozesse vorzubereiten. Sorgfältig seine Urteile zu fällen. »Hinter jedem dieser Fälle«, pflegte er zu sagen, »steckt ein menschliches Schicksal, ein Leben, das so komplex ist wie unser eigenes.« Das Leben ihres Vaters fand zum größten Teil außerhalb der Familie statt. Aber Helena hatte ihm das nie vorgeworfen.

Ich habe heute Erik Bella bei uns, einen Kinderpsychiater, der uns von den langfristigen Folgen frühen sexuellen Missbrauchs auf die geistige Entwicklung der Kinder berichten wird. Guten Abend, Monsieur Bella.

»Guten Abend! Danke, dass ich hier bei Ihnen im Studio sein darf.«

Richard Clarke, der wegen sexuellen Missbrauchs Minderjähriger verurteilt wurde, ist gestern vorzeitig aus der Haft entlassen worden. Sein Fall ist für uns Anlass, einmal ein Schlaglicht auf einen oft vernachlässigten Aspekt zu werfen: die langfristigen Folgen sexuellen Missbrauchs für das Leben der Kinder. In diesen Tagen wird häufig vom Akt selbst gesprochen, von der verabscheuungswürdigen Tat. Auch über die strafrechtlichen Folgen wird diskutiert. Wie aber verhält es sich mit den körperlichen und psychischen Folgen, unter denen die Opfer möglicherweise noch viele Jahre später leiden?

»Studien zeigen, dass die überwältigende Mehrheit der Menschen, die in ihrer Kindheit missbraucht wurden, in ihrem Erwachsenenleben unter den negativen Auswirkungen auf ihr Gefühlsleben leiden.«

Und welche Formen kann das annehmen?

»Das ist natürlich von Individuum zu Individuum unterschiedlich. Mangelndes Selbstvertrauen, Schwierigkeiten, anderen zu vertrauen, Rückzug auf sich selbst, Unfähigkeit, eine harmonische Paarbeziehung zu führen, ja bei manchen, überhaupt ein Beziehungsleben zu haben. Außerdem lässt sich beobachten, dass ...«

Helena stellt das Radio aus.

»Warum stellst du das Radio aus?«

»Merkst du nicht, dass das dem Moderator alles scheißegal ist? Der ist doch bloß gierig nach Sensationen. Es geht ihm nicht darum, etwas besser zu verstehen. Er will bloß, dass der Arzt ihm auflistet, was bei den Opfern alles kaputt ist. Worunter sie leiden. Damit jede Hörerin und jeder Hörer sich daran ergötzen kann, sich das kaputte Leben, das die Opfer führen, ausmalen kann. Das ist widerlicher Voyeurismus! So was hör ich mir nicht an!«

»Aber vielleicht kommt das andere ja noch«, wendet Ryan ein.

Helena antwortet nicht und Ryan sagt darauf nichts mehr.

Sie sind inzwischen auf der Autobahn. Helena tritt das Gaspedal durch.

Nach einer Weile stöpselt sie ihr Handy ein, um Philip anzurufen.

»Irgendwas Neues zu Clarke?«

»Im Moment nicht. Unsere Teams klappern alle Tankstellen ab und zeigen den Angestellten sein Foto. Bisher kein Erfolg.«

»Wir sollten es auch bei den Hotels versuchen«, antwortet Helena. »Vielleicht hat er für ein paar Stunden ein Zimmer gemietet, um sich auszuruhen.«

»Viel zu riskant«, mischt sich Ryan ein. »Man könnte ihn dort erkennen. Bestimmt hat er sich lieber irgendwo einen ruhigen Fleck gesucht, um dort in seinem Auto zu schlafen.«

Helena dreht sich verärgert zu ihm und blickt ihn streng an. »Wir fahren dorthin, um Spuren zu verfolgen und Lösungen zu finden. Nicht um Möglichkeiten vorschnell zu verwerfen, ohne Realitätscheck.«

Sie hätte ihm erklären können, warum sie das mit den Hotels vorgeschlagen hatte. Weil nämlich Pädophile oft andere Menschen verführen und manipulieren, weil sie gerne die Kontrolle über Menschen und Situationen haben, weil sie keinen Augenblick an ihrer Macht zweifeln und glauben, Gesetze würden für sie nicht gelten. Das weiß man. Dieser Typ Mensch verkriecht sich nicht in einem Winkel, außer er hat keine andere Wahl. Er hält sich für unbesiegbar. Was erst recht für die kleine Stadt gelten muss, aus der seine Standortdaten übermittelt wurden. Fernab der Stelle, an der er freigelassen wurde. Aber Helena sagt nichts, für einen solchen Vortrag ist gerade nicht der richtige Moment.

»Ja, du hast recht«, ertönt Philips Stimme aus dem Lautsprecher. »Ich halte euch auf dem Laufenden. Weiter gute Fahrt. Seid vorsichtig!«

Helena legt auf. Im Auto breitet sich wieder Schweigen aus. Draußen hat es zu regnen aufgehört. Sie öffnet das Fenster einen Spalt, um frische Luft hereinzulassen. Atmet tief durch. Sie liebt den Geruch der feuchten Erde, des nassen, welken Laubs, wenn es im Spätherbst vermodert, den Geruch von Pilzen, Flechten und Moosen.

Ein Straßenschild zeigt ihnen an, dass sie die Hälfte der Strecke bereits geschafft haben.

»Hast du einen Freund?«, fragt Ryan plötzlich, ohne sie dabei anzusehen.

»Nein.«

»Eine Freundin?«

»Auch nicht.«

Helena muss sich stark zusammennehmen. Am liebsten würde sie ihn anbrüllen, dass er die Klappe halten soll. Sie atmet mehrmals tief ein und wieder aus. Erkennt sich selbst nicht mehr. Sie hatte geglaubt, ihre Wut zu beherrschen und die tiefe Wunde in ihrem Inneren für immer geschlossen zu haben, eine unsichtbare Narbe, nichts weiter. Aber je länger sie mit dem Fall Richard Clarke zu tun hat, desto stärker wird ihre Wut, reißt ihre Wunde wieder auf, fängt zu bluten an. Sie korrigiert sich. Ihre Wunden. Um sich abzulenken, konzentriert sie sich auf die vorbeiflitzenden weißen Streifen zwischen den beiden Fahrspuren.

»Weißt du, dass in Korea die Hochzeitsgäste nach der Trauung dem Bräutigam die Socken ausziehen, die Füße fesseln und dann mit einem Fisch auf die Fußsohlen schlagen?«, fragt Ryan sie auf einmal.

Darauf kann Helena nur überrascht »Ähm … nein?« stammeln.

Ryan grinst breit. Ein entwaffnendes Lächeln.

»Hast du viele solche Geschichten auf Lager?«, fragt sie. »Solchen Quatsch, von dem man nie weiß, wann man ihn vielleicht brauchen kann?«

Ryan lacht.

»Tonnenweise. Ich liebe Anekdoten. Mehr als großspurige Theorien.«

Jetzt muss Helena grinsen. Sie findet, dass die Wörter *Anekdote* und *großspurig* etwas altmodisch klingen, vor allem aus dem Mund eines Sechzehnjährigen. Aber Ryans entwaffnender Charme hat gesiegt. Er hat es fertiggebracht, sie zum Lächeln zu bringen, und das tut ihr gut. Sie will es ihm gerade sagen, als ihr Handy vibriert. Philip ist dran.

»Bingo«, verkündet er.

»Was denn?«

»Du hattest recht. Er hat heute Nachmittag ein paar Stunden in einem Hotel verbracht.«

Adrenalin durchflutet Helenas Körper. Es schaudert sie so stark, als hätte sie Schüttelfrost.

»Der Mann an der Rezeption hat ihn auf dem Foto wiedererkannt.«

»Schick mir Namen und Adresse des Hotels.«

»Schon passiert.«

In derselben Sekunde zeigt ihr Handy mit einem Biep an, dass eine neue Nachricht eingetroffen ist. Ryan gibt die Adresse sofort in sein GPS ein.

»Wir sind in zwölf Minuten dort.«

Helena hebt energiegeladen die rechte Faust. Es geht wieder los. Nach ein paar Kilometern biegt sie von der Autobahn ab, folgt der vom GPS angegebenen blauen Linie. Ein dünner Ariadnefaden. Alles, was sie haben.

»Nicht sehr clever von ihm, sich ein Hotelzimmer zu nehmen«, kommentiert Ryan.

»Pädophile haben kein Einsatztraining wie wir durchlaufen«, antwortet Helena.

»Und das heißt?«

»Das heißt, dass sie keine Profis in Täuschung, Ausweichmanövern und falschen Spuren sind. Dass sie unvorsichtig sind. Fehler begehen. Wenn solche Typen nicht geschnappt werden, dann meist deswegen, weil die, die etwas hätten bemerken können, nichts bemerken wollten ...«

Sie spürt, wie das, was sie gerade gesagt hat, Ryan beschäftigt. Hat keine Lust, noch mehr zu sagen. Soll er doch denken, was

er will, und daraus seine eigenen Schlussfolgerungen ziehen.
»Am blindesten ist derjenige, der nicht sehen will«, wiederholt
sie sich innerlich.

Sie durchqueren die kleine Stadt. Vor dem Rathaus haben
sich mehrere Dutzend Menschen versammelt. In Sprechchören
machen sie sich Luft.

Helena fährt langsamer. Schnell wird klar, dass es sich um
Einwohner des Ortes handelt, die schockiert von der Nachricht
sind, dass sich bei ihnen, in ihrer Nachbarschaft, ein haftentlassener Pädophiler aufgehalten hat oder noch aufhält.

SICHERHEIT FÜR UNSERE KINDER!

KEIN KINDERSCHÄNDER IN UNSERER STADT!

DIE POLIZEI MUSS HANDELN!

Helena schüttelt den Kopf. Sie möchte ihnen zurufen, dass Missbrauch von Minderjährigen in der überwältigenden Mehrheit
innerhalb der Kernfamilie stattfindet oder von Personen began-
gen wird, die den Kindern in irgendeiner Weise nahestehen und
ihnen bekannt sind. Aber die Menge auf dem Platz hat sich bereits so in ihre Empörung hineingesteigert, dass solche Argumente nichts nützen werden. Das weiß sie. Deshalb fahren sie,
ohne anzuhalten, zu dem Hotel weiter, in dem Richard Clarke
sich für ein paar Stunden ein Zimmer genommen hatte. Sie
parkt das Auto in der Nähe des Eingangs, steigt aus und atmet
mehrmals tief ein, als könnte sie in der Luft eine Spur des flüchtigen Missbrauchstäters ausmachen.

Das Hotel gehört zu einer Kette. Neutral und unpersönlich.
Der Typ Hotel, wie es ihn in jeder Stadt gibt, mit Zimmern, die
alle gleich sind. Überall.

»Warte hier auf mich«, befiehlt sie Ryan.

Der Mann an der Rezeption blickt von seinem Papierstoß hoch. Er muss Mitte dreißig sein, denkt Helena. Die tiefen Ringe unter den Augen lassen ihn erschöpft und niedergeschlagen wirken … als ob schon allein am Leben zu sein eine ungeheure Anstrengung bedeuten würde.

»Haben Sie reserviert?«

»Nein«, antwortet Helena und hält ihm ihr Handy mit dem Foto von Richard Clarke hin.

»Schon wieder der?«, seufzt der Mann an der Rezeption.

Hinter ihnen hört sie Ryan Münzen in den Getränkeautomaten werfen, dann das Geräusch von Wasser, das in einen Becher spritzt.

»Willst du auch einen Kaffee?«, fragt er.

Helena schüttelt den Kopf.

»Und?«, fragt sie den Mann an der Rezeption.

»Er hat gegen drei Uhr ein Zimmer bezogen und es um 18.45 Uhr verlassen.«

Eine Viertelstunde bevor die elektronische Fußfessel seine genaue Position übermittelt hat, denkt Helena. Er wollte nicht, dass man ihn hier ortet. Warum?

»Wie hat er bezahlt?«

»In bar.«

Der Mann deutet auf den Bildschirm neben sich, wie um zu belegen, was er gesagt hat. Helena achtet nicht weiter darauf.

»Und Sie haben nicht gemerkt, um wen es sich da gehandelt hat?«

»Dieser ganze Unsinn interessiert mich nicht.«

»Unsinn?«, fragt Helena zurück. »Es handelt sich um einen Menschen, dessen Leben in Gefahr ist.«

Der Mann an der Rezeption zuckt mit den Schultern.

»Ist nicht mein Problem. Ich hab drei Kinder großzuziehen, da kann ich mich nicht um alles kümmern, was auf der Welt passiert.«

Ein Paar verlässt den Aufzug. Eng umschlungen schlendern sie durch die Hotelhalle, eine Wolke von schwerem Parfüm zurücklassend.

Helena blickt den Mann an der Rezeption an. Der widmet sich bereits wieder seinem Papierstapel, sieht nicht mehr hoch. Sie geht nach draußen zu Ryan.

»Um drei Uhr angekommen. Hat um 18.45 Uhr das Hotel verlassen. Wir sind genauso weit wie vorher.«

Ryan hält den Becher zwischen den Händen, als würde er sich daran wärmen wollen.

»Inzwischen kann er überall sein«, sagt er.

»Danke für die hilfreiche Bemerkung!«

Da stellt Ryan sich vor sie hin und macht sich Luft:

»Warum behandelst du mich eigentlich so? Ich hab's nicht bös gemeint. Ist doch klar, dass ich Anfänger bin. Ich denke nur nach, ich will lernen. Dann sag mir doch, was wir jetzt tun sollen! Eine Münze werfen und einfach in irgendeine Richtung losfahren? Würde das irgendwas bringen? Das Einzige, was ich weiß, ist, dass wir bis morgen Abend warten müssen, um neue Daten zu haben. Es ist schon spät, ich bin hundemüde. Können wir nicht einfach hier übernachten?«

Helena weiß, dass er recht hat, und ärgert sich über sich selbst.

»Okay, du kleiner Schlauberger, dann lass uns hierbleiben«, antwortet sie. »Morgen um elf haben wir eine Verabredung mit der Ortsgruppe der PFR.«

Sie dreht sich um, geht zurück ins Hotel und verlangt zwei Zimmer, die sie sofort bezahlt. Kaum ist die Zimmertür hinter ihr zugefallen, lässt sie sich aufs Bett fallen. Ein unangenehmes Gefühl macht sich in ihr breit. In dem Zimmer könnte vor wenigen Stunden auch Richard Clarke geschlafen haben. Und wenn nicht in diesem hier, dann in einem, das exakt genauso aussieht. Sie schließt die Augen, öffnet sie wieder. Hat das Gefühl, dass alle Opfer dieses Dreckskerls sie umringen und stumm anstarren. Helena richtet sich auf, stellt den Fernseher an, zappt sich durch die Sender. Bleibt bei Videoclips hängen.

Dann fällt ihr ein, dass sie Philip noch gar nicht auf den neuesten Stand gebracht hat. Sie schreibt ihm eine kurze Mail. Am Morgen werden sie gleich telefonieren. Da hört sie ein Klopfen an ihrer Tür. Als sie aufmacht, steht nicht Ryan davor, sondern der Mann von der Rezeption, der ihr einen Zettel reicht.

»Eine Frau hat das für Sie abgegeben.«

Tagebuch von Ryan Riss auf seinem Handy

Alles ist so kompliziert. Keine Ahnung, ob ich bei den PFR wirklich richtig bin. H. mag mich nicht. Ich muss hier meinen Platz finden. Das ist alles, was zählt. Manchmal glaube ich, dass bei ihr irgendwas nicht ganz stimmt. Keine Ahnung, welche Probleme sie hat. P. hat mir gesagt, dass sie eine der Besten bei den PFR ist. Abwarten.

Hab mich in den sozialen Medien umgeguckt. Tonnenweise hasserfüllte Kommentare zu dem haftentlassenen Pädophilen. Wollte mich fast schon in die Diskussion einklinken, hab's dann aber gelassen. Dafür fehlt mir noch der Mut. Und die Erfahrung. Aber ich kann hier ja mal etwas üben.

»Dieses Arschloch soll verrecken!«
    Wichtig ist, dass Täter nicht mehr straffällig werden.
    Durch die Todesstrafe ist die Kriminalität noch nie zurückgegangen.

»Was Schlimmeres als einen Kinderschänder gibt's doch nicht.«
    Jedes Verbrechen muss geahndet werden. Sexualstraftäter müssen für ihre Taten büßen. Sie müssen lernen, ihre sexuelle Neigung zu kontrollieren.

Keine Ahnung, ob das überzeugend klingt. Es ist alles so kompliziert.

8

Helena hat sich dagegen entschieden, Ryan zu benachrichtigen. Manches ist zu dritt einfach viel komplizierter: ein Klima des Vertrauens herstellen, dem Gegenüber wichtige Informationen entlocken, herausfinden, was der andere wirklich denkt und fühlt. Die Nachricht auf dem Zettel weist für sie eindeutig auf ein Vier-Augen-Gespräch hin.

Ich würde Sie gerne treffen.
Es gibt etwas, das wir besprechen sollten.
In einer Viertelstunde in der Bar Hypnose.

Die Bar liegt nur hundert Meter vom Hotel entfernt. Misstrauisch umrundet Helena erst einmal den Häuserblock, trifft dann von der anderen Seite bei der Bar ein. Sie mustert jedes geparkte Auto, ob sich darin jemand versteckt, geht erst einmal an der Bar vorbei, wirft kurz einen Blick hinein. Die *Hypnose* ist gut besucht, was sie beruhigt. Um die Tische sitzen vor allem junge Leute. Aus der halb geöffneten Tür dringt Musik nach draußen. Helena geht immer noch nicht rein, hält sich genau an die Vorschriften der PFR in solchen Fällen. Sie schlendert weiter bis zur nächsten Kreuzung, bleibt dort einen Moment stehen, beobachtet die Umgebung, dreht danach um und geht zur Bar zurück. Sie lässt den Blick über die Hausfassaden schweifen, späht in alle Fenster und Eingänge. Nichts. Beim Betreten der Bar wird sie von zwei betrunkenen Jugendlichen angerempelt, die lachen, sich gegenseitig schubsen und auf die Schultern klopfen. In der *Hypnose* herrscht Schummerlicht, die vielen Glühbirnen an der Decke sind nur Deko. An den Tischen wird laut geredet, dazu wummert Musik. Der Lärm dröhnt Helena in den Ohren. Für ein geheimes Treffen aber perfekt. Niemand kann das Gespräch belauschen. Ganz hinten erspäht sie einen Tisch, an dem eine Frau sitzt. Allein. Mit durchgedrücktem Rücken. Als Helena auf den Tisch zusteuert, hält ein Kellner sie auf. Sie gibt ihm zu verstehen, dass sie mit der Frau verabredet ist. Dann hat sie den Tisch erreicht. Steht vor der Frau. Hat sofort erkannt, dass es sich um die Frau handelt, die sich ihr vor dem Park in den Weg gestellt hat. Auch wenn sie ihre Haare jetzt nicht mehr so streng zurückgekämmt hat und ihr Gesicht etwas weicher wirkt.

»Woher wussten Sie, dass ich hier bin?«, fragt Helena.

»Setzen Sie sich. Ich habe einen Tee bestellt. Wollen Sie auch einen?«

Helena bestellt beim Kellner ein Bier.

»Alle, die nach Richard Clarke suchen, sind hier. Wir haben alle die Meldung in der App *Guilty* gelesen.«

»Was wollen Sie von mir?«

Die Frau lächelt sie an.

»Ich bin nicht hier, um Sie zu attackieren. Entspannen Sie sich! Ich heiße Magaly.«

»Helena.«

»Ja, weiß ich.«

Helena lässt sich nichts anmerken, aber sie weicht innerlich zurück, verkrampft sich, trinkt einen Schluck Bier, um ihre Irritation zu verbergen. Sie hasst es, wenn ihr Gegenüber besser über sie informiert ist als umgekehrt. Was will die Frau von ihr?

»Meine Tochter heißt Irina. Sie ist ein Opfer von Richard Clarke. Er hat sie regelmäßig missbraucht. Mein Mann und ich haben es nicht bemerkt. Er war ihr Klavierlehrer, ist zu uns nach Hause gekommen. Wir haben ihm vertraut.«

Helena verschränkt die Hände ineinander, klemmt sie zwischen ihre Knie, damit das Zittern aufhört.

»Als Irina in der Schule immer schlechtere Noten hatte, haben wir das auf ihre Pubertät geschoben. Bei ihrem älteren Bruder war es auch so, wir kannten das schon. Es hat uns nicht weiter beunruhigt. Dann hat sie fast nichts mehr gegessen. Hat stark abgenommen. Sie war ein sehr hübsches Mädchen. Deshalb konnte das nichts mit schöner oder schlanker sein wollen zu tun haben. Ich habe sie immer wieder gefragt, was los ist. Mein Mann auch. Irina hat uns kein Wort gesagt, ihre Freundinnen immer seltener getroffen. Ihre Klassenlehrerin meinte, sie würde sich immer stärker abkapseln. Wir wollten von Irina eine Antwort. Haben sie bedrängt. Aber sie hat nur geschwiegen. Dann hat sie versucht, sich umzubringen.«

Magaly bedeckt das Gesicht mit den Händen, beginnt zu schluchzen. Fängt sich wieder, wischt die Tränen weg. An den Tischen ringsum hat niemand etwas bemerkt. Durch das Fenster kann Helena auf der Straße Magalys Mann erkennen. Er sieht zu ihnen her.

»Erst im Notarztwagen, unterwegs ins Krankenhaus, hat sie mir erzählt, was geschehen war. Sie weinte, hat sich entschuldigt. Fühlte sich schmutzig. Sie schämte sich, hatte Angst, dass ich sie nicht mehr lieben würde. Können Sie sich das vorstellen? Eine Tochter, die Angst hat, dass ihre Mutter sie nicht mehr liebt?«

Helena wird plötzlich heiß. Sie erträgt die laute Musik und das Stimmengewirr nicht mehr. Am liebsten würde sie vor die Tür rennen, die frische, kalte Luft tief einatmen.

»Als mein Mann davon erfuhr, wurde er so zornig, wie ich es bei ihm noch nie erlebt habe. Er wollte sofort zu Clarke. Er hätte ihn umgebracht, da bin ich mir sicher. Zum Glück konnte ich ihn davon abbringen und wir haben stattdessen Anzeige erstattet. Clarkes Schülerinnen und Schüler wurden alle von der Polizei vernommen. Fünf haben erklärt, von ihm sexuell belästigt worden zu sein. Fünf haben gegen ihn ausgesagt. Aber wie viele haben geschwiegen?«

In der Frage schwingt ein Vorwurf mit. Richtet er sich an die missbrauchten Kinder und Jugendlichen, die nicht den Mut hatten, zu reden? Oder an den Täter, der die Macht besaß, seine Opfer so stark einzuschüchtern? Oder an die Familien, die aus Scham lieber geschwiegen hatten?

»Fünf Opfer. Aber bestimmt waren es noch mehr. Ich habe so gehofft, dass meine Tochter danach wieder mehr Lebensfreude zeigen würde. Aber sie hat sich weiter in ihr Schweigen und ihren Schmerz zurückgezogen. Hat nie mehr Klavier gespielt, obwohl das vorher ihr Ein und Alles war. Wir haben sie zu Therapeuten geschickt, ohne Erfolg. Dieser Mann hat meine Tochter kaputt gemacht. Und jetzt, wo er draußen ist, wird er sich neue Opfer suchen.«

»Sein Foto ist überall in den Medien«, sagt Helena. »Der bleibt nicht mehr unerkannt.«

Magaly blickt sie an. Ihre Lippen verziehen sich spöttisch.

»Sind Sie sich da ganz sicher?«

»Warum wollten Sie mich treffen?«, fragt Helena.

»Gemeinsam sind wir stark. Wir müssen uns zusammentun. Ihn eliminieren. Nur so kann er keine Untaten mehr begehen. Nie wieder.«

Obwohl Helena sich verunsichert fühlt, bringt sie ihre üblichen Argumente dagegen an.

»Jeder Täter hat das Recht auf eine ordentliche Rechtsprechung. Jeder hat das Recht, seine Strafe abbüßen zu dürfen. Jeder hat ein Anrecht darauf, seine Schuld gegenüber der Gesellschaft zu begleichen. Nach der Verbüßung seiner Strafe ein neues Leben zu beginnen. Clarke wird bei uns in therapeutisch-medizinische Behandlung kommen. Das verspreche ich Ihnen.«

Eine Träne läuft Magalys Wange hinunter. Sie wischt sie mit der Hand weg. Schiebt die Teetasse zur Seite und steht auf.

»Falls Sie Ihre Meinung ändern sollten, können Sie mich unter dieser Nummer erreichen.« Magaly reicht Helena ein Kärtchen. »Aber wer nicht für uns ist, ist gegen uns.«

Sie spricht das mit großer Ruhe und Eiseskälte aus. Helena ist wie betäubt. Sie möchte die Frau am Arm festhalten, um weiter mit ihr zu diskutieren. Doch Magaly weicht ihr aus und geht schnell davon. Draußen wartet ihr Mann auf sie. Helena beobachtet, wie die beiden miteinander diskutieren. Der Mann wirft Helena durch die Scheibe einen wütenden Blick zu, dann entfernen sie sich.

Helena bleibt einen Moment reglos sitzen, die Telefonnummer in der Hand. Schrilles, lautes Lachen reißt sie aus ihrer

Erstarrung. Ein Mädchen tanzt auf einem der Nebentische, angefeuert von den Rufen ihrer betrunkenen Freunde. Zwei Kellner eilen herbei und fordern sie auf, vom Tisch runterzusteigen.

Helena bezahlt und steht auf. Sie will nur noch raus. Auf der Straße konzentriert sie sich auf ihre Schritte, auf den Widerschein des Mondlichts in den Regenpfützen. Jetzt an nichts denken. Vor allem nicht nachdenken. Den kurzen Weg zum Hotel legt sie zurück, ohne etwas zu fühlen oder zu empfinden. Als sie die Hotellobby durchquert, ruft der Mann an der Rezeption ihren Namen.

»Der Mann, nach dem Sie suchen, dieser Typ da. Ich erinnere mich jetzt wieder. Als er ausgecheckt hat, hatte er dunkelbraune Haare. Und der Bart war ab.«

Helena bleibt stehen.

»Ganz sicher?«

Du darfst es niemand sagen, Helena.
Sie würden es nicht verstehen.
Das bleibt unser Geheimnis. Versprochen?

9

»Ich hab schon gedacht, du tauchst überhaupt nicht mehr auf«, lautet Ryans Begrüßung, als Helena mit ihrem Rucksack aus dem Aufzug kommt.

Mit einem Buch und einem Kaffee vor sich sitzt er an einem Tischchen in der Hotellobby. Er zeigt auf eine Papiertüte neben der Tasse.

»Ich hab dir zwei Croissants aufgehoben.«

Helena wäre lieber allein gewesen, um nicht Konversation betreiben zu müssen. Aber Ryans Anwesenheit tut ihr gut. Seine frische, fröhliche Art hat auf sie dieselbe Wirkung wie eine schwungvolle Melodie im Radio. An einem trüben Regentag mit Stimmungstief.

»Gut geschlafen?«, fragt er.

Helena lächelt.

»Wie ein Murmeltier«, lügt sie.

Wegen wirrer Albträume aus ihrer Kindheit, der überraschenden Mitteilung des Manns an der Rezeption, die sie lange wach gehalten und zu verschiedensten Hypothesen angeregt hatte, und dem ununterbrochenen Nachgrübeln darüber, wie Magaly hatte wissen können, dass sie in dem Hotel abgestiegen waren, hat sie kaum Schlaf gefunden. In ihrem Gehirn brodelt es, aber ohne Ergebnisse.

»Echt jetzt?«, antwortet Ryan.

Helena hat keine Lust, mit ihm über ihren Zustand zu diskutieren.

»Richard Clarke hat sich die Haare braun gefärbt und den Bart abrasiert. Bei dem Auto, mit dem er unterwegs ist, handelt es sich um einen marineblauen SUV. Das Nummernschild endet auf die Buchstaben T und Z. Und ich hatte eine Unterhaltung mit Magaly, der Frau, die sich uns gestern vor dem Parktor in den Weg gestellt hat.«

Ryan reißt die Augen sperrangelweit auf, weiß nicht, wie viel er davon glauben soll. Helena beobachtet, wie er anfängt zu blinzeln, etwas sagen will, zögert, dann nach seiner leeren Tasse greift. Als könnte er daraus noch einen letzten Tropfen trinken. Er ringt offensichtlich um Fassung. Als Ryan die Tasse absetzt, scheint er sich entschieden zu haben, wie er auf all diese Nachrichten reagieren will. Er sieht Helena einen Moment an, dann fragt er:

»Willst du damit sagen, dass du die Nacht damit verbracht hast, Recherchen anzustellen und Befragungen durchzuführen, während ich seelenruhig im Bett lag und davon geträumt habe, ein Superheld zu werden? Glückwunsch! Darf ich erfahren, was dein Geheimnis ist?«

Helena fischt sich ein Croissant aus der Tüte und beißt wie eine Löwin hinein.

»Ich bin ein Raubtier!«

Da muss Ryan lachen. Er beugt sich verschwörerisch über den Tisch.

»Ich will alles wissen.«

Alles? Nein. Sie ist nicht bereit, ihn zu nah an sich heranzulassen. Aber sie spürt, dass sie ihn braucht, um ihre Gedanken etwas zu ordnen.

»Fangen wir von vorne an«, fährt Ryan fort. »Woher hat Richard Clarke den SUV?«

»Ich habe Philip gebeten, da nachzuforschen. In den letzten vierundzwanzig Stunden ist kein marineblauer SUV als gestohlen gemeldet worden und kein Autoverleih hat unseres Wissens einen im Angebot.«

Sie erzählt ihm, dass der Mann von der Rezeption ihr gestern Abend den Zettel mit der Verabredung ans Zimmer gebracht hat, schildert ihm dann das Treffen in der Bar *Hypnose*. Ryan hört schweigend zu, ganz eifriger Schüler. In regelmäßigen Abständen nickt er, um zu signalisieren, dass er verstanden hat.

»Die Information, dass Richard Clarke sich hier in dieser Stadt aufhält, konnten alle auf der App *Guilty* lesen. Aber woher wussten die beiden das mit dem Hotel?«

»Hat sie auch erwähnt, dass Clarke ein paar Stunden hier im Hotel war?«, fragt Ryan.

»Äh … nein.«

»Vor dem Frühstück hab ich eine kleine Runde durch die Stadt gedreht. Überall treiben sich Lynchjäger herum. Ganze Scharen. Außerdem stehen auf dem Marktplatz Mahnwachen von der Kinderschutzliga. Magaly und ihr Mann sind bestimmt gestern sofort hergefahren. Haben gesehen, wie wir vor dem Hotel geparkt haben. Reiner Zufall. Nichts weiter.«

Helena lächelt. In ihrem Lächeln liegt kein Spott oder Sarkasmus. Bestimmt hat er recht, denkt sie. Es liegt dermaßen auf der Hand, dass sie daran nicht gedacht hat. Sie ist so ans Analysieren gewöhnt, an das Suchen nach tieferen Gründen und Zusammenhängen, dass sie manchmal das Offensichtliche übersieht.

In der Nacht hat sie einen Moment lang sogar überlegt, ob nicht ein lokales Mitglied der PFR, absichtlich oder unabsichtlich, die Information weitergegeben hat. Sie war schon nahe dran, das Treffen an diesem Vormittag abzusagen.

»Männer patrouillieren mit Baseballschlägern in der Hand durch die Stadt«, fährt Ryan fort. »Oder werfen mit Messern auf eine Zielscheibe, die an einem Baum aufgehängt ist. So ist die Stimmung hier. Und das mit der Haarfarbe?«

»Hat mir der Mann von der Rezeption gestern Abend noch erzählt. Er sei so verblüfft gewesen, hat er gesagt, dass er seinen Platz hinter der Theke verlassen habe, um ihm nachzuschauen. Auf dem Parkplatz hat er ihn dann in einen marineblauen SUV einsteigen sehen und sich die beiden letzten Buchstaben des Nummernschilds gemerkt. TZ.«

»Warum hat er uns das nicht gleich gesagt? Warum erst mitten in der Nacht?«

»Ich glaube, dass es ihm vor allem um sein Hotel geht. Er will nicht negativ auffallen. Seine Hinweise führen dazu, dass wir genauso schnell wieder verschwinden, wie wir gekommen sind ...«

Ryan greift nach seinem Rucksack.

»Alles klar. Wir haben bei unserer Suche jetzt einen ziemlichen Vorsprung. Irgendjemand muss den Mann mit dunkelbraunen Haaren am Lenkrad eines marineblauen SUV, dessen Kennzeichen auf TZ endet, gesehen haben.«

Draußen wartet am Straßenrand der Transporter der PFR-Ortsgruppe auf sie. Helena und Ryan steigen hinten ein. Die anderen sind zu dritt. Luc, ein stämmiger Mann, der offensichtlich auch der Fahrer ist. Réjane, eine zierliche, noch sehr junge Frau. Max, der älteste von ihnen, steckt in Nahkampfkluft. Mit seinen grau melierten Haaren und dem Bart hat er fast Ähnlichkeit mit Richard Clarke. Jedenfalls mit dem Richard Clarke auf dem Foto, das überall gepostet wurde. Die beiden anderen stellen Max als ihren Securitymann vor.

Die drei haben keine neuen Informationen. Helena auch nicht. Sie hofft, dass Ryan nicht den Fehler begeht, von den Veränderungen in Richard Clarkes Aussehen zu reden oder von dem Auto, das er fährt. Ganz hat sie sich von dem Verdacht, dass möglicherweise ein Maulwurf unter ihnen ist, nicht befreien können.

»Unserer Meinung nach hat er die Stadt bereits verlassen«, sagt Luc.

»Ja, glauben wir auch«, bestätigt Helena. »Nur schwer zu sagen, in welche Richtung. Aber wenn wir warten, bis auf *Guilty* der neue Standort durchgegeben wird, sind wir mit allen anderen unterwegs. Das wird auf den Straßen das totale Chaos.«

»Was schlägst du vor?«, fragt Réjane.

Helena spürt, wie sich alle Blicke auf sie richten.

»Richard Clarke verhält sich schlau. Er hat einen Plan. Obwohl er gerade erst entlassen worden ist, hat er bereits ein Auto. Er nimmt sich ein Zimmer in einem Hotel, er hat Geld. Es muss jemand geben, der ihn unterstützt. Unsere Teams in der Hauptstadt kontaktieren im Moment sein gesamtes Umfeld. Eine oder einer von ihnen wird sich verplaudern und uns wichtige Informationen liefern.«

Helena spürt, wie Ryan stocksteif wird. Damit er nichts Falsches sagt, tritt sie ihm auf den Fuß.

»Und wir? Was können wir tun?«, fragt Luc.

»Ihr tut was ihr könnt, um möglichst viele Lynchjäger herzulocken und bis zur nächsten Datenübermittlung hier in der Stadt zu halten. Das gibt uns einen großen Vorsprung.«

»Und was soll das sein?«, hakt Luc nach. »Was sollen wir unternehmen?«

Mit dem Kinn deutet Helena auf Max, der erstaunt zu den anderen blickt.

»Okay, wie lautet der Auftrag an mich?«, fragt er leicht unwillig.

Helena richtet sich stärker an die anderen als an ihn.

»Ihr werdet eine falsche Fährte legen. Erster Schritt: Ihr überlegt euch Orte, bei denen jeder sofort erkennt: Das ist hier in der Stadt. Zweiter Schritt: Ihr macht dort aus der Ferne Fotos von Max, leicht undeutlich und mit einem suboptimalen Bildausschnitt, so als wären sie hastig aufgenommen. Von hinten hat er mit seinen grau melierten Haaren Ähnlichkeit mit Clarke. Außerdem muss er wie Clarke angezogen sein, als der gestern entlassen wurde. Dritter Schritt: Ihr verbreitet diese Fotos in den sozialen Medien.«

»Und wenn jemand merkt, dass er es nicht ist?«

»Die Leute sehen, was sie sehen wollen. Und sehr, sehr viele glauben, dass er hier ist. In der Sekunde, in der ihr die Fotos online stellt, werden sie tausendfach gelikt, kommentiert und geteilt werden. Augenzeugen werden sich melden, die berichten, dass sie ihn in der Stadt gesehen haben. Jede Wette! Wir müssen die Schwächen der sozialen Medien für uns nutzen. Falls überhaupt irgendwer anzweifelt, dass die Fotos Richard Clarke zeigen, wird das untergehen.«

Réjane, Luc und Max schauen sich fragend an. Dann antwortet Luc:

»Das wäre machbar.«

Sie grinsen sich an. Die Vorstellung, die Lynchjäger reinzulegen, gefällt ihnen.

»Das erste Foto postet ihr ungefähr um eins, damit möglichst viele hierher in die Stadt zusammenströmen«, fährt Helena fort. »Das nächste am Nachmittag, damit sie alle bis Punkt neunzehn Uhr hierbleiben. Okay?«

»Okay«, rufen alle drei gleichzeitig.

Helena und Ryan nicken ihnen zum Abschied zu und steigen aus dem Transporter. Kaum ist die Tür zugeschoben, wendet sich Ryan an Helena.

»Warum hast du nichts über das Auto gesagt? Und über die gefärbten Haare?«

»Weil wir immer noch nicht wissen, woher Magaly und ihr Mann von unserer Übernachtung in dem Hotel erfahren haben. Hüte dich davor, jemand blind zu vertrauen! Regel Nummer eins in unserer Ausbildung.«

Sie geht zum Auto und schmeißt ihren Rucksack auf die Rückbank.

»Und mir vertraust du auch nicht, oder?«, fragt Ryan. »Was sollte das denn, von wegen unsere Teams kontaktieren im Moment Clarkes gesamtes Umfeld? Davon hast du mir nichts erzählt. Sind wir ein Team oder nicht?«

»Bla, bla, bla«, sagt Helena, während sie einsteigt.

»Bla, bla, bla?«

Helena fährt los. »Irgendwie müssen sie dran glauben, dass wir eine reale Chance haben, ihn zu finden. Auch wenn ich ihnen das mit dem Auto und den gefärbten Haaren nicht sagen wollte. Warum sollten sie sonst dieses Verwirrspiel mitmachen?«

»Aber … sie werden bald erfahren, dass das nicht stimmt. Wenn sie Philip anrufen, wird er …«

»Meine Sache«, unterbricht sie ihn.

Klar wird Philip sie anbrüllen, aber was hätte sie denn tun sollen? Sie wird sich seine Vorwürfe anhören, wird abwarten, bis sein Zorn etwas verraucht ist. Dann wird sie versuchen, sich zu rechtfertigen. Helena hofft, bis dahin bereits Erfolge vorweisen zu können.

»Wir brauchen ein retuschiertes Foto von Richard Clarke, mit gefärbten Haaren und ohne Bart.«

»Schon geschehen«, antwortet Ryan. Helena biegt gerade vom Hotelparkplatz auf die Straße. Sie schaut ihn erstaunt an.

»Wann?«, fragt sie.

»Während du vorhin deinen Unsinn gelabert hast.«

»Okay«, sagt Helena nur, während sie stadtauswärts fährt.

Er hält ihr sein Handy hin. Überzeugendes Ergebnis.

»Okay«, wiederholt sie.

»Und das mit der falschen Fährte, wann hast du dir das ausgedacht?«

»Hab ich improvisiert, als mir die Ähnlichkeit zwischen Max und Richard Clarke aufgefallen war.«

»Okay«, meint er im selben Tonfall wie soeben sie.

Nach ein paar Sekunden sagt er noch einmal:

»Okay.«

Dieser kleine Affe, denkt sie. Schnappt gleich alles auf, drollig und unverschämt!

»Wir müssen jetzt rausfinden, in welche Richtung er gefahren ist. Am besten, wir sagen, dass wir nach unserem Vater suchen.«

»Bist du dafür nicht schon etwas zu alt?«, fragt Ryan. »Dafür, dass Clarke dein Vater sein könnte?«

»Okay, dann schlage ich vor, dass du fragst. Weil du ja noch so jung und klein bist. Du darfst auch gern behaupten, dass ich deine Mutter bin.«

»Ich … ähm … ich wollte dich nicht kränken.«

Gekränkt ist Helena nicht. Aber es muss klar bleiben, wer hier den Ton angibt.

»Tankstellen, Bäckereien, Supermärkte … Er hat bestimmt vorher noch vollgetankt und sich was zum Essen gekauft. Vor seiner Verwandlung konnte er das alles nicht, wäre zu gefährlich gewesen. Und er wird versuchen, bis neunzehn Uhr so weit weg wie möglich zu sein. Ich gehe jede Wette ein, dass er gestern Abend irgendwo an der Stadtgrenze getankt hat.«

Helena ist wütend auf sich, dass sie nicht noch in der Nacht bei den Tankstellen des Ortes herumgefragt hat. Nachdem der Mann an der Rezeption ihr von Clarkes Verwandlung erzählt hatte. Um sich nicht zu sehr herunterziehen zu lassen, lässt sie sich auf dem GPS die nächstgelegenen Tankstellen anzeigen. Es sind acht. Plus zwölf im weiteren Umkreis. Sie werden mit denen anfangen, die einen kleinen Supermarkt dabeihaben.

Clarke ist im Hotel abgestiegen, er verhält sich nicht wie ein in die Enge getriebenes Tier. Er hält sich für schlauer als die anderen. Er hat einen Plan. Er handelt wohlüberlegt. Sorgt für Essen und Trinken.

Ryan googelt auf seinem Handy.

»Vier Tankstellen mit kleinem Supermarkt in der Nähe«, verkündet er. »Fünf ein Stück weiter weg.«

»Okay«, sagt Helena.

Und dann lachen sie alle beide.

Erst bei der siebten Tankstelle haben sie Erfolg.

»Das Mädchen ist sich ganz sicher«, sagt Ryan, als er wieder einsteigt. »Sie hat ihn erkannt. Er war gestern da. Hat vollgetankt, was zum Essen und zum Trinken gekauft und außerdem vier Tüten Bonbons. Das fand sie ungewöhnlich, deshalb erinnert sie sich an ihn. Glaubst du, dass er sich wieder ein Opfer sucht?«

»Das hat er nicht mit Bonbons versucht. Die Opfer waren Schülerinnen von ihm. Der geht nicht plötzlich auf Spielplätze. So funktioniert das nicht.«

Ryan zeigt stadtauswärts. Für Helena sieht es ganz danach aus, als würde Clarke eine Weile von Stadt zu Stadt fahren wollen, jeden Abend ein anderer Standort. Seine Taktik, um die Verfolger abzuschütteln. Darauf würde sie wetten.

»Bis zur nächsten größeren Stadt sind es vier Stunden. Das schaffen wir locker vor neunzehn Uhr. Dann haben wir Zeit, uns etwas umzusehen, nach dem SUV zu suchen. Vielleicht haben wir ja Glück. Wir fangen dort mit den Hotels am Stadtrand an.«

Schnell haben sie die Außenbezirke des Ortes hinter sich gelassen und fahren auf der Autobahn Richtung Osten. Sie wissen alle beide, dass sie damit etwas riskieren. Helena ist froh, dass Ryan die Klappe hält und sie nicht fragt, ob sie sich auch wirklich sicher ist, dass sie das Richtige tun. Das lange vierspurige Band der Autobahn führt durch eine hügelige Landschaft, kreuzt Flüsse und verläuft immer wieder entlang der Bahnstrecke. Helena stellt das Radio an. Sie braucht etwas Lärm von draußen, um die Stimme in ihrem Kopf zu übertönen. *Du darfst es niemand sagen, Helena. Sie würden es nicht verstehen. Das bleibt unser Geheimnis. Versprochen?* Der Albtraum lässt sich nicht wegschieben, lauert auf einen günstigen Moment, springt sie immer wieder an und stürzt sich auf sie – wie ein hungriges Raubtier, das gierig seine Beute verschlingt. Sie muss ihn unbedingt abschütteln, dreht am Radio, bis sie auf laut dröhnende Musik stößt. Aber das reicht nicht. *Versprochen?* Die Stimme will eine Bestätigung hören. Sie fragt beharrlich noch einmal: *Versprochen?* Helena sucht weiter, diesmal nach einem Nachrichtensender, hofft, dass das Unglück und die Katastrophen der Welt die Sätze, die sie innerlich zerfressen, zum Schweigen bringen können. Aber nichts hilft. Weder Hungersnöte noch Kriege. Weder Attentate noch Wirtschaftskrisen. Vielleicht sollte sie kurz anhalten. So lange schreien, bis sie heiser ist. Auf den Boden stampfen, um ihre Wut auszutreiben.

Bis jetzt hat sie geglaubt, sich einen Schutzpanzer zugelegt zu haben, der sie für immer vor den Attacken aus ihrer Vergangenheit schützen würde. Sie hat sich getäuscht. Ihr Panzer ist hauchdünn, überall rissig und brüchig. Was macht sie eigentlich hier auf der Autobahn? Wohin ist sie unterwegs? Jagt sie dem Gespenst ihrer Vergangenheit nach?

»Und du, hast du eine Freundin?«, fragt sie schließlich Ryan. Vielleicht eine bessere Ablenkung.

»Nö, ich mag Jungs.«

Sie schaut ihn von der Seite an, etwas überrascht. Ärgert sich, dass sie überrascht ist.

»Du bist sechzehn und weißt das schon so genau?«

»Ich hab's mit einem Mädchen und mit einem Jungen probiert. War eindeutig, was mir besser gefällt.«

»Echt? Schon alles ausprobiert?«

»Bei Jungen liegt das Durchschnittsalter für den ersten Sexualkontakt heute bei siebzehn Jahren. Sagen wir mal, ich bin etwas frühreif.«

»Bei siebzehn. Erzählt man sich das so?«, hakt sie nach.

»Nein, das sagt die Statistik.«

»Erzähl mir mehr.«

»Er ist ein Jahr älter als ich, war in meiner Klasse. Wir waren bei ihm. In seinem Zimmer. Wir sind beide auf seinem Bett gehockt und haben miteinander Mathe gelernt. Da hat mein Bein zufällig sein Bein gestreift. Keine große Sache, nicht mal eine wirkliche Berührung. Aber plötzlich war da ein unglaublich starkes Gefühl, wie ein Stromstoß. Wir haben uns in die Augen geschaut. Das hab ich gar nicht ausgehalten und schnell wieder weggeguckt. Dann hab ich seine Hand auf meiner Schulter gespürt. Er hat mich an sich gezogen. Wir haben uns umarmt. Gestreichelt. Alles ist wie von selbst passiert, ganz selbstverständlich. So als hätte dieser Moment schon immer auf uns gewartet. Nur wir beide. Der Rest der Welt war verschwunden. Dann haben wir uns nackt aneinandergeschmiegt. Ich mochte es, überall seine nackte Haut zu spüren. Er hat meinen Penis gestreichelt. Ich habe seinen Penis in die Hand genommen. Alles war zärtlich und sanft. Harmonisch. Es gab keinen Wettbewerb zwischen uns. Keinen Machtkampf. Jede Berührung von ihm hat mich erregt. Es ging nicht darum, irgendwas zu beweisen. Es war einfach nur schön und gut und richtig, so wie es war. Das war mein erstes Mal. Für mich bis jetzt das schönste Erlebnis meines Lebens.«

Ryans Geschichte berührt Helena, seine Gefühle hallen in ihr nach. Sie vergisst dabei ihre eigene Müdigkeit, die Anstrengung der endlos langen Autofahrt.

»Und du? Wie war dein erstes Mal?«, fragt plötzlich Ryan.

Der Zauber verfliegt. Der zarte, sanfte Traum zerbricht an der Wirklichkeit. Helena fühlt sich, als würde sich unter ihr eine Falltür öffnen und ein tiefer schwarzer Schlund sie in den Abgrund ziehen.

Sie hören Radio Plus, den Sender, mit dem Sie die neuesten Nachrichten miterleben können, als wären Sie vor Ort! Unsere Reporterin Alice befindet sich genau dort, wo sich gestern Abend Richard Clarke aufgehalten hat. Alice, schildern Sie uns, was Sie sehen!

»Guten Abend! Ja, ich stehe genau an der Stelle, an der gestern Abend um Punkt neunzehn Uhr Richard Clarke gestanden hat. Es herrscht hier eine sehr aufgekratzte, fast heitere und gelöste Stimmung, denn es ist ein Foto des Haftentlassenen aufgetaucht, das ganz offensichtlich hier in dieser Stadt aufgenommen wurde. Seitdem das Bild in den sozialen Medien gepostet wurde, laufen buchstäblich alle Kabel und Drähte heiß. Die Stimmung hier explodiert. Dutzende, vielleicht sogar Hunderte sind hierher zusammengeströmt. Allein oder in Gruppen, zu Fuß oder mit dem Auto durchstreifen die Lynchjäger die Stadt. Wenn Richard Clarke sich noch hier aufhalten sollte, was alle zu glauben scheinen, wird es für ihn schwer sein, zu entkommen. Er sollte sich besser nicht aus seinem Versteck wagen. So gut wie alle Lynchjäger des Landes halten sich bereit, um bei der nächsten Meldung seines Standorts zuzuschlagen. Doch nur wenigen wird es gelingen. Dafür braucht es jetzt auch Glück. Es sind hier so viele Menschen vor Ort, dass −«

Alice, ich muss Sie leider unterbrechen, denn soeben ist in den sozialen Medien ein weiteres Foto des Haftentlassenen aufgetaucht. Die Aufnahme ist etwas verschwommen, doch man kann ihn gut erkennen. Erste Kommentare bestätigen, dass das Foto heute in der Stadt aufgenommen wurde. Wetter und Lichtverhältnisse passen perfekt.

»Ja, ich habe es gerade auch gesehen. Und ich sehe jetzt in diesem Moment, dass hier auf der Straße ein Auto eine Kehrtwendung macht und in Richtung Norden davonfährt. Ich versuche, mich so schnell wie möglich dorthin zu begeben. Ich melde mich, sobald ich Neues weiß.«

10

In der Ferne sind die ersten Ausläufer der Stadt zu erkennen. Neubauviertel mit Hochhäusern, die der sich dahinter erstreckenden eintönigen Masse, die Helena sich vorstellt, etwas Profil verleihen. Richard Clarke ist schlau. Er weiß, dass es leichter ist, sich inmitten einer Menschenmenge zu verstecken, als an einem verlassenen, einsamen Ort. Und an Verstecken wird es in dieser Großstadt nicht mangeln, so riesig, wie sie ist. Statt sie zu entmutigen, feuert das Helena eher an. Endlich ein Schub an positiver Energie, denkt sie. Sie ist wild entschlossen, diese Energie zu nutzen. Sie müssen Richard Clarke so schnell wie möglich finden, seine Exfiltration durchführen und ihn in eines der Geheimgefängnisse der PFR bringen. Erst wenn das geschehen ist, kann sie in ihrem Leben ein neues Kapitel aufschlagen.

»Und wo fangen wir an?«, fragt Ryan.

»Wie besprochen. Wir durchkämmen die Hotels.«

Er googelt eine Liste der Hotels, recherchiert ihre Lage, bastelt an der besten Reihenfolge.

Rechts und links sind inzwischen keine Felder mehr. Sie fahren durch Gewerbegebiete, in denen riesige Lagerhallen und nicht weniger riesige Supermärkte abwechseln. Alles ist riesig, auch die Schriften, die Hinweisschilder, die Werbetafeln. Alle gieren in diesem Dschungel nach Kunden, jeder will am meisten auffallen.

»Bei der nächsten Ausfahrt raus. Danach an der Ampel links«, sagt Ryan. »Da kommt bald ein kleines Hotel.«

Helena folgt seinen Anweisungen. Auf der schmalen Zufahrtsstraße, in die sie abgebogen sind, kommen ihnen immer wieder riesige Laster entgegen, die für Nachschub in den Einkaufszentren sorgen. Jedes Mal muss sie auf die Seite fahren, um die Monster vorbeizulassen. Der Zeitverlust nervt Helena. Wenn es so weitergeht, können sie nur einen winzigen Teil von Ryans Liste abhaken, bevor es neunzehn Uhr ist. Da taucht endlich das Motel auf. Helena stoppt sofort.

»Viel zu schäbig. Da würde er nie absteigen.«

Ryan schaut sie an. Wartet auf mehr.

»Dieser Typ fühlt sich von den Körpern junger Mädchen angezogen«, sagt sie. »Körper, die makellos sind. Glatt. Schön. Der sucht sich nichts aus, was so abgewrackt ist.«

»Ist das Küchenpsychologie oder wissenschaftlich bewiesen?«

Nach zwei Versuchen hat Helena auf der schmalen Straße endlich gewendet.

»Das Hotel gestern war neu. Glatt und perfekt. Aseptisch. Hast du in deinem Zimmer irgendwas entdeckt, was nicht modernster Standard war?«

Ryan schüttelt den Kopf. Gleichzeitig wird ihm klar, dass er von Helena nicht mehr erfahren wird. Er vertieft sich wieder ins Handy, checkt nacheinander die Hotels auf seiner Liste, guckt sich die Fotos an. Sortiert alle Hotels aus, die etwas älter sind.

»Fahr einfach weiter geradeaus«, sagt er. »Das nächste Hotel erfüllt alle deine Kriterien. Hat vor drei Jahren eröffnet. Es liegt nur zehn Minuten entfernt.«

Ryan reckt energiegeladen die Faust.

Helena staunt immer wieder über ihn. Er reagiert schnell. Spürt sofort, was notwendig ist. Hat feinste Antennen. Ist zugleich kämpferisch. Total anpassungsfähig. Ryan wird ein ausgezeichneter Agent werden. Und er ist loyal, ergänzt sie, in seinem Bericht hat er sie bei der Verfolgungsjagd im Park vor zwei Tagen nicht bloßgestellt.

Sie sind kaum fünfhundert Meter gefahren, als ihnen ein Auto entgegenkommt, dessen Insassen schnell die Köpfe wegdrehen, um nicht erkannt zu werden.

»Diese beiden Idioten«, ruft Helena.

»Was ist los?«, fragt Ryan.

»Da! Das Auto!«

Ryan dreht sich um, blickt dem Auto nach und versucht zu kapieren, worum es geht.

»Ja, und? Wer sitzt da drin?«

»Der Mann und die Frau, die uns im Park attackiert haben. Die wussten, dass wir in dem Hotel eingecheckt haben.«

»Sie sind uns gefolgt? Und wir haben es nicht gemerkt? Wie kann das sein? Sind wir echt solche Amateure?«

Er hat recht, denkt Helena. Wie hatte ihr das passieren können? Ein Anfängerfehler. Sie hatte so sehr nach vorne geblickt, hatte die Augen auf die Straße gerichtet, in Richtung auf das Ziel, zu dem sie unterwegs waren – und dabei ganz vergessen, in den Rückspiegel zu schauen. Sie war zu sehr überzeugt davon gewesen, dass ihr Ablenkungsmanöver mit den Fotos funktionieren würde. Was bin ich doch für eine Idiotin!

Sie fährt langsamer, blickt in den Rückspiegel.

Ryan schwenkt sein Handy, auf dem er den Umgebungsplan aufgerufen hat.

»Wir können sie leicht abhängen! Bieg die übernächste Straße links ab, dann gleich wieder rechts. Da kommt der Parkplatz eines Supermarkts. Am anderen Ende beginnt ein Wohnviertel mit vielen kleinen Straßen. Sobald wir nur zweihundert Meter Vorsprung haben, verlieren sie uns aus dem Blick. Dann haben wir sie abgehängt.«

Helena fährt genauso langsam weiter.

»He, hast du mir zugehört?«

Sie bremst ab, legt den Rückwärtsgang ein und wendet.

»Was machst du da?«

»Mich hat das Bedürfnis gepackt, ein paar Worte mit ihnen zu wechseln.«

Langsam fährt sie in die andere Richtung. Setzt darauf, dass das andere Auto ebenfalls gewendet hat und ihnen jetzt erneut entgegenkommt. Was auch der Fall ist. Dann reißt Helena in der letzten Sekunde das Lenkrad herum und bremst ab, sodass das Auto quer über der Fahrbahn zu stehen kommt. Sie springt heraus. Das Ehepaar im anderen Auto versucht erst gar nicht, zu fliehen. Magaly lässt sogar das Fenster herunter, als Helena auf sie zukommt.

»Habe ich Ihnen so sehr gefehlt, dass Sie mir nachfahren?«, fragt sie.

Mit einem Blick zu Magalys Mann überprüft sie, ob er nach seinem Revolver greift. Was er natürlich bemerkt.

»Wir wollen doch nicht Sie erschießen«, sagt er. »Warum sollten wir Ihnen etwas antun?«

Die Frau lächelt Helena an.

»Unser Ziel ist doch dasselbe, oder etwa nicht?«

»Glaub ich kaum.«

»Es geht uns doch beiden darum, dem Treiben dieses Monsters ein Ende zu setzen, oder nicht?«

»So gesehen vielleicht … aber nicht auf dieselbe Weise.«

Magaly schaut Helena in die Augen.

»Ich bin mir sicher, dass wir uns hervorragend verstehen könnten. Ich kann mir kaum vorstellen, dass eine junge Frau wie Sie Missbrauch und Vergewaltigung gutheißt.«

»Darum geht es nicht. Ich will, dass er seine gerechte Strafe absitzt. Nicht das Opfer von Lynchjustiz wird.«

»Und wie wollen Sie sicher sein, dass er nie mehr solche Verbrechen begeht?«

»Die Frage haben Sie mir schon mal gestellt. Und ich habe Ihnen geantwortet, dass er in Behandlung kommen wird.«

Ein schrilles Lachen ist die Antwort.

»Eine chemische Kastration? Und was, wenn er seine Tabletten nicht mehr nimmt, sobald er draußen ist?«

Helena hat keine Lust, sich in eine endlose Diskussion verstricken zu lassen. Und vor allem keine Zeit. Vor neunzehn Uhr müssen sie möglichst viele Hotels abgesucht haben. Da hat sie jetzt keine einzige Minute zu verlieren.

»Hat Ihre Tochter von Richard Clarke jemals Bonbons geschenkt bekommen?«

»Bonbons? Warum stellen Sie mir diese Frage?«

Helena hat erfahren, was sie wissen wollte.

»Nicht weiter wichtig«, sagt sie. »Und jetzt lassen Sie uns in

Ruhe! Wir haben in jeder Stadt ein Einsatzkommando. Soll ich die benachrichtigen, damit sie sich mal etwas um Sie kümmern?«

Damit dreht sie sich um. Geht zu ihrem Auto zurück. Fährt los. Muss auf den Gehsteig hoch, um das Auto des Ehepaars zu umkurven.

»Denken Sie an Irina!«, ruft Magaly ihr zu. »Meine Tochter war ein junges, unschuldiges Mädchen. Das hätten auch Sie sein können!«

Wieder auf der Straße gibt Helena Gas.

»Wer ist Irina?«, fragt Ryan, als sie davonrasen.

»Ihre Tochter. Sag mir, wie ich jetzt fahren soll.«

»Bei der nächsten Kreuzung rechts, dann gleich wieder links.«

Helena blickt prüfend in den Rückspiegel. Ryan dreht sich immer wieder um und checkt, ob sie verfolgt werden.

»Ich glaube, wir haben sie abgehängt.«

Die Uhr am Armaturenbrett zeigt 17.26 Uhr. Der Vorfall hat sie viel zu viel Zeit gekostet.

»Du hast wissen wollen, ob es seine übliche Masche war«, sagt Ryan. »Deshalb hast du das mit den Bonbons gefragt, oder? Um sicher zu sein, dass er sich damit kein neues Opfer sucht? Sozusagen Alarmstufe drei. Richtig?«

»Ganz genau, mein lieber Watson«, antwortet sie und dreht sich dabei zu ihm. »Gut beobachtet.«

Helena sieht in Ryans Augen, dass er nicht weiß, wie er ihre Äußerung interpretieren soll. Macht sie sich über ihn lustig? Oder ist es wirklich als Kompliment gemeint? Ryan scheint sich für die zweite Hypothese zu entscheiden.

»Danke schön.«

Vor dem Hotel mustert Helena alle Autos, die am Straßenrand geparkt sind. Außerdem alle, die auf dem hoteleigenen Parkplatz stehen. Kein marineblauer SUV zu sehen.

Ryan taucht eine Minute später wieder aus dem Gebäude auf, rennt zum Auto zurück.

»Hier ist er nicht! Bis zum nächsten sind es fünf Minuten.«

Kämpferisch, wiederholt Helena innerlich.

Beim nächsten Hotel ist sie an der Reihe.

Die Rezeption ist winzig. Eine Frau ist dabei, auf einem kleinen Tisch in der Ecke die Stapel mit den Prospekten zu ordnen.

»Guten Tag«, sagt Helena mit ihrer sonnigsten Stimme.

Die Frau richtet sich auf und antwortet im gleichen Tonfall.

»Haben Sie diesen Mann vielleicht gestern Abend oder heute hier gesehen? Kennen Sie ihn?«

Die Frau mustert das Foto auf dem Display von Helenas Handy, blickt Helena dann misstrauisch an.

»Was wollen Sie von ihm? Sind Sie von der Polizei?«

»Es handelt sich um meinen Vater«, lügt Helena. »Er fährt einen marineblauen SUV und arbeitet hier in der Nähe auf einer Baustelle. Leider gelingt es mir nicht, ihn telefonisch zu erreichen. Ich mache mir Sorgen. Meine Mutter musste überraschend ins Krankenhaus. Ich muss ihn so schnell wie möglich finden.«

Die Frau runzelt die Stirn, räuspert sich. Alles Strategien, um Zeit zum Nachdenken zu gewinnen, denkt Helena. Sie ist sich nicht sicher, ob sie mir glauben soll.

»Bitte«, legt sie nach.

Die Frau widmet sich wieder den Prospekten.

»Ich habe keinen blauen SUV gesehen, auch keinen roten oder grünen.«

Helena bedankt sich, verabschiedet sich und geht zurück zum Auto. Interessante Strategie, denkt sie. Zum Auto hat sie mir was gesagt, aber zum Mann nicht. Damit hat sie ihre professionelle Pflicht zur Verschwiegenheit nicht verletzt. Zumindest kann sie sich das selbst vormachen.

Mit den drei nächsten Hotels haben sie auch keinen Erfolg. Die Uhr am Armaturenbrett zeigt inzwischen 18.03 Uhr. Bei durchschnittlich fünfzehn Minuten pro Hotel können sie gerade noch drei auf der Liste checken, bevor Richard Clarke sich ins Auto setzt, losfährt, um von einer beliebigen Stelle in der Stadt seine Daten übermitteln zu lassen, und dann in eine andere Stadt verschwindet.

Helenas Handy fängt zu vibrieren an. Philips Notfallnummer. Sie stößt einen tiefen Seufzer aus und geht dran.

»Was soll die Geschichte, von wegen wir würden alle Personen aus dem näheren Umfeld von Clarke befragen?«

Philips Stimme ist laut. Er klingt genervt.

»Ich musste improvisieren. Es gibt da dieses Ehepaar, die Eltern eines Opfers. Dieselben, die uns auch im Park attackiert haben. Sie verfolgen uns regelrecht. Sie haben uns in dem Hotel kontaktiert, in dem wir übernachtet haben und in dem auch Clarke ein paar Stunden verbracht hat. Ich war mir nicht mehr sicher, ob das Team vor Ort wirklich vertrauenswürdig ist. Ob es vielleicht einen Maulwurf gibt. Deshalb hab ich sie da angelogen. Ich wollte den Erfolg unserer Operation nicht aufs Spiel setzen.«

»Du hättest mich vorher informieren müssen.«

»Ich hab's dir doch gesagt. Es musste alles sehr schnell gehen. Ich musste improvisieren.«

»Ich kann keine Soloeinlagen gebrauchen.«

»Mach ich nicht. Ich bin mit Ryan unterwegs.«

»Du weißt genau, was ich damit sagen will.«

»Okay, war nur ein missglückter Witz. So zur Auflockerung. Du kennst mich doch, oder?«

»Ich hoffe, du weißt, was du tust, Helena.«

»Ja, Chef, weiß ich.«

Ihn »Chef« zu nennen, ist so etwas wie ein Codewort zwischen ihnen. Damit versichert sie ihm, dass sie sich an alle Weisungen halten wird. Dass er auf sie zählen kann.

Plötzlich brüllt Ryan:

»Da! Ein blauer SUV!«

Auszug aus dem Sitzungsprotokoll
Helena Varance bei ihrem Therapeuten Dr. Serge Nalo

Es zerreißt mich innerlich… und macht mich unglaublich wütend auf mich selbst… dass ich nicht
Nein gesagt habe. Vier Buchstaben. Eines der ein-
fachsten Wörter. Trotzdem habe ich es kein ein-
ziges Mal gesagt.
[Schweigen]
Vielleicht… wenn ich es gesagt hätte… hätte
das alles verändert.
[Schweigen]
Aber ich hatte Angst, dann nicht mehr geliebt
zu werden. Dass ich dann eine Ausgestoßene bin.
Ich bin zu seiner Komplizin geworden. Weil ich
es nicht geschafft habe, Nein zu sagen. Ich habe
nur das bekommen, was ich verdient habe. Niemand
hat mir gesagt, dass ich auch Nein sagen kann.
Niemand hat mir beigebracht, welche Macht dieses
Wort hat. Nein. NEIN. NEEEEEEEEEIIIIIIINNNNNN!
[Schweigen]
Vielleicht… wenn ich es gesagt hätte, hätte das
alles verändert.
[Schweigen]

11

»Hast du das Nummernschild erkennen können?«, fragt Helena, während sie mitten im dichten Verkehr ein gewagtes Wendemanöver hinlegt.

Von allen Seiten ertönt ein wütendes Hupen.

»Ich glaub, am Ende war ein Z. Aber ich bin mir nicht sicher.«

Helena überholt mehrere Autos, lenkt dann abrupt auf die rechte Fahrspur zurück, als ihr ein Lastwagen entgegenkommt. Wieder aufgeregtes Hupen.

»Da vorn. Ich sehe ihn. Ungefähr zehn Autos vor uns.«

»Verlier ihn nicht aus den Augen!«

Helena nimmt alles um sich herum überscharf wahr. Ihr Gehirn verarbeitet blitzschnell alle Informationen, ohne dass sie Zeit zum Nachdenken braucht. Die Geschwindigkeit der Autos. Hindernisse. Mögliche Schlupflöcher fürs Überholen. Sie wechselt den Gang, drückt das Gaspedal durch, verflucht ihr langsames Auto, überholt, fädelt sich wieder ein. Sie will so nah wie möglich an den marineblauen SUV rankommen. Aber nicht zu nahe, um nicht von Clarke erkannt zu werden.

»Siehst du ihn noch?«

»Ja, immer noch da.«

Helena sieht den SUV auch, will sich aber aufs Fahren konzentrieren können. Obwohl ihr Blick immer wieder wie magnetisch von dem marineblauen Fleck angezogen wird, der in Abständen zwischen anderen Autos auftaucht. Ihr Herz klopft so stark, dass ihr das Blut mit doppelter Geschwindigkeit durch die Adern fließt. So kommt es ihr zumindest vor. Ein Energieschub durchflutet ihren Körper. Sie fühlt sich wie elektrisiert.

Sie ruft Philip an, der sofort drangeht.

»Wir sind nur wenige Autos hinter ihm. Auf der N25, Richtung Norden. Ich brauche Verstärkung. Sag dem Team vor Ort, sie sollen sich auch auf den Weg machen. Ein marineblauer SUV. Das Nummernschild endet auf TZ ...«

»Er biegt nach links ab. An der nächsten Ampel. Wir müssen links abbiegen!«, ruft Ryan dazwischen.

»... Richard Clarke hat inzwischen dunkelbraune Haare. Sobald ich die Nummer der Nationalstraße weiß, auf die er abbiegt, geb ich dir Bescheid.«

Beim Abbiegen nach links fällt Helena das Handy herunter. Sie blickt kurz nach unten. Wahrscheinlich ist es unter ihren Sitz gerutscht. Hoffentlich ist die Verbindung nicht unterbrochen.

»N16!«, ruft sie laut und hofft, dass Philip sie hören kann.

Ryan ist bereits dabei, Philips Notfallnummer zu wählen, damit die Verbindung nicht abreißt.

»Siehst du den SUV noch?«, fragt Helena.

»Ja ... ähm ... das heißt, warte mal ... nein.«

Helena schert nach links aus, um mehr Überblick zu haben. Nichts mehr zu sehen.

»Scheiße. Wie hat das passieren können?«

»Hallo? Was ist los?«

»Wir haben ihn verloren«, sagt Ryan. »Keine Spur mehr von dem marineblauen SUV und Richard Clarke. Gerade eben war er noch vor uns … Er kann nicht weit sein.«

»Wo seid ihr?«

»Auf der N16«, wiederholt Helena.

»Wir haben zwei Teams losgeschickt. Haltet mich auf dem Laufenden.«

Ryan legt auf.

»Er muss genau in dem Moment abgebogen sein, als ich Philips Notfallnummer eingetippt habe.«

»Scheiße!«, brüllt Helena.

Sie fischt unter dem Sitz ihr Handy hervor. In derselben Sekunde poppt auf dem Display eine Meldung von der App *Guilty* auf, Helena blickt auf die Zeitangabe ihres Handys. Neunzehn Uhr. Auf den Punkt genau.

»Laut GPS-Daten ist er nur hundert Meter entfernt, Richtung Norden. Er muss bei der Abzweigung eben nach rechts abgebogen sein.«

Helena bremst abrupt ab. Legt den Rückwärtsgang ein, ohne sich um das Auto hinter ihr zu kümmern, und so den Fahrer dazu zwingt, hektisch auszuweichen. Als sie zurück an der Abzweigung sind, biegt sie nach rechts ab. Beschleunigt. Ein Stück weiter befindet sich die nächste Kreuzung.

»Von da vorn sind seine GPS-Daten übermittelt worden«, sagt Ryan.

Knapp vor der Kreuzung. Der Mann ist wirklich clever.

Unendlich lang scheinende Minuten durchforsten sie mit dem Auto die Umgebung. Helena kann und will sich nicht eingestehen, dass sie seine Spur verloren haben. Sie waren ihm so dicht auf den Fersen. Er schien nur noch um Haaresbreite entfernt. Oder sollte sie vielleicht besser sagen *zum Greifen nah*? In ihrem Kopf jagen sich die Ausdrücke und die Bilder. Sie sieht Kinderkörper vor sich, zusammengekrümmt auf ihren Betten liegend, in ihren Zimmern. Sie heulen sich die Seele aus dem Leib. Bis sie innerlich vollkommen leer sind. Stille Tränen. Tränen der Scham. Tränen, die keine Erleichterung bringen. Ihre eigenen Tränen.

Helena bremst ab. Der marineblaue SUV ist und bleibt verschwunden. Sie haben Clarke verloren.

Sie hören Radio Plus, den Sender, mit dem Sie die neuesten Nachrichten miterleben können, als wären Sie vor Ort!

Wir unterbrechen unser Programm, denn wir haben soeben erfahren, dass in der Nähe der Straßenkreuzung, an der Richard Clarke vor wenigen Minuten lokalisiert wurde, in einer völlig anderen Stadt als vermutet, mehrere Schüsse abgegeben wurden. Während alle Welt Clarke zweihundert Kilometer entfernt glaubte, war er längst über alle Berge. Wer hat die Fotos von ihm ins Internet gestellt? Handelt es sich um eine List des Haftentlassenen oder um eine falsche Fährte, gelegt von den Gegnern des Gesetzes zur vorzeitigen Haftentlassung? Hat Richard Clarke vielleicht Komplizen? Alle diese Fragen werden wir in den nächsten Stunden mit Ihnen, unserem Publikum, ausführlich diskutieren. Doch fürs Erste gilt es, die aktuelle Nachrichtenlage zu klären. Wurde der flüchtige Pädophile von den Schüssen getroffen? Ist er noch am Leben?

Einer unserer Reporter ist bereits unterwegs. Wir werden Ihnen direkt von dem Ort berichten, an dem die Schießerei stattgefunden hat. In wenigen Minuten erfahren Sie mehr! Die Jagd auf Richard Clarke hat eine spannende Wendung genommen. Bleiben Sie dran!

Radio Plus – immer am Puls der Zeit! Hören Sie Radio Plus, den Sender, mit dem Sie die neuesten Nachrichten miterleben können, als wären Sie vor Ort!

12

Helena ist ausgestiegen. Sie kriegt sich nicht ein vor Wut. Wie hatten sie nur den Kontakt zu Richard Clarke verlieren können? Wo sie ihn in seinem marineblauen SUV nicht einmal hundert Meter vor sich hatten? Das runtergefallene Handy! Die eine Sekunde, in der sie abgelenkt war. Scheiße, Scheiße, Scheiße! Am liebsten würde sie das Handy gegen die nächste Mauer schmeißen. Soll es ruhig kaputtgehen, in tausend Trümmer zerspringen. Aber im Innersten weiß sie, dass es allein ihre Schuld ist. Sie allein ist schuld daran, dass sie Richard Clarke verloren haben.

»Und was machen wir jetzt?«, fragt Ryan.

Seine Frage hallt in der Leere wider, die von Helenas Hirn Besitz ergriffen hat. Richard Clarke ist auf und davon. Und sie haben keine Ahnung, wohin. Sie kriegen es einfach nicht hin, einen Vorsprung vor den anderen Verfolgern zu haben. Lassen sich von ihm weiter an der Nase herumführen wie Amateure. Dieser Typ ist verdammt schlau, hat immer einen Plan. Aber je länger er dieses Spiel treibt, desto schwieriger wird es für ihn, der Lynchmeute zu entkommen. Radio, Fernsehen, die sozialen

Medien werden in immer noch mehr Menschen die Faszination für so eine Menschenjagd hervorkitzeln. Die Treibjagd wird sich in eine echte Show verwandeln, und alle in unserem Land, die zu so etwas bereit sind, werden daran teilnehmen wollen. Was wird es erst für ein Triumph sein, die Beute zu erlegen! Wem das gelingt! Die Jägerin oder der Jäger werden auf der Stelle zu Medienstars! Für ihre Zukunft haben sie ausgesorgt! Sie werden in jede Menge Talkshows eingeladen, egal zu welchem Thema. Werden, wenn sie nur etwas attraktiv aussehen, zu Promis, bekommen haufenweise Werbeverträge angeboten. Helena geht jede Wette ein, dass auch bald ein Film über diese spektakuläre Jagd gedreht wird, mit der Siegerin oder dem Sieger in einem Gastauftritt, um so den Erfolg an den Kinokassen oder beim Streaming zu garantieren.

»Verdammte Scheiße noch mal!«, brüllt sie.

Ihr Schrei wird vom Lärm der Polizeisirenen überdeckt, die sich aus allen Richtungen auf die Kreuzung zubewegen.

Helena blickt um sich. Nichts zu sehen, was der Mühe wert wäre. Ryan reicht ihr sein Handy.

»Philip.«

Helena holt ein Mal tief Luft, seufzt auf, ist darauf gefasst, von ihrem Vorgesetzten zusammengestaucht zu werden.

»Hast du Radio gehört?«

»Nein, warum?«

»Man hat auf Clarke geschossen.«

»Bist du sicher? Wir sind ganz in der Nähe. Stimmt, muss was passiert sein. Von überall ist hier Polizei zu hören.«

»Bleibt, wo ihr seid, bis wir mehr wissen.«

Helena erwidert darauf nichts. Die Polizei wird das Gebiet absichern. Mehr nicht. Sie hat nicht das Recht, dem Haftentlassenen zu helfen. Clarke ist vielleicht bereits tot oder liegt im Sterben. Was sollten Ryan und sie da ausrichten können? Wie sollen sie gegen eine Menge enthemmter Lynchjäger ankommen? Frustriert geht sie zurück zum Auto und stellt das Radio an. Ryan setzt sich neben sie.

Mit Radio Plus sind Sie immer am Puls der Zeit! Wenn Sie sicher sein wollen, dass Sie über alle neuesten Nachrichten Bescheid wissen, hören Sie Radio Plus! Wieder einmal ist unser Reporter als Erster an Ort und Stelle. Franck, was können Sie uns berichten?

»Ich bin gerade hier vor Ort angekommen. Bewohner aus den Häusern ringsum haben Schüsse gehört, nach übereinstimmender Auskunft soll es sich um drei gehandelt haben, kurz hintereinander. Die Anwohner haben dann sofort die Polizei alarmiert.«

Und natürlich haben sie bei uns angerufen! Vielen Dank dafür! Unsere Hörerinnen und Hörer sind die wichtigste Stütze unseres Senders. Im Lauf der Zeit sind sie zu echten Partnern von Radio Plus geworden. Sie sind unsere Augen und Ohren in der freien Wildbahn. So ist es doch, Franck?

»Ja, es ist jedes Mal überwältigend, wie viel Unterstützung wir erfahren!«

»Was sind das doch für eingebildete, selbstverliebte Typen«, murmelt Helena.

Aber kehren wir zur konkreten Sachlage zurück. Können Sie uns bereits mehr verraten? Die Spannung ist bei uns allen groß. Ist Richard Clarke tot?

»Nein, aber es ist davon auszugehen, dass er von mindestens einem der Schüsse getroffen wurde.«

Wissen Sie Genaueres?

»Mehr wissen wir leider nicht, weil es Clarke erneut gelungen ist, zu fliehen.«

Wie es scheint, konnten Sie mit zwei Augenzeugen sprechen?

»Ja, ich werde gleich mit Magaly sprechen. Sie ist die Ehefrau des Mannes, der auf Clarke geschossen hat. Sobald sie die Fragen der Polizei beantwortet hat, wird sie uns zur Verfügung stehen. Das hat sie mir fest zugesagt.«

Ooooohhhh. Wie spannend! Liebes Publikum, wir schalten Sie wieder zu, sobald es so weit ist. Bis dahin ein paar Takte Musik!

Helena springt erneut aus dem Auto. In ihren Adern brodelt es. Eine Wut, so mächtig wie ein Lavastrom. Sie geht ums Auto herum und schiebt sich unter die Karosserie.

»Was machst du?«

Helena tastet den gesamten Unterboden ab, lässt keine Vertiefung aus, gleitet mit den Händen am Ende des noch warmen Auspuffrohrs entlang.

»Magaly und ihr Mann sind uns nicht gefolgt. Ich habe das immer wieder gecheckt. Und trotzdem waren sie wie wir in der Nähe der Kreuzung. Sie sind offensichtlich richtig abgebogen, anders als wir. Glaubst du da an einen Zufall? Ich nicht.«

Ryan macht sich an den Radkästen zu schaffen. Sucht die Karosserie ab.

»Hab was gefunden«, verkündet er, als er beim rechten Hinterreifen angelangt ist.

»Nicht anrühren!«

Helena stemmt sich unter der Karosserie hervor. Ihr Rücken wird von den Kieseln des Seitenstreifens zerschrammt.

»Mach innen weiter!«, ruft sie, während sie die von Ryan entdeckte Wanze untersucht.

Es handelt sich um ein kleines schwarzes Plastikkästchen, das durch einen starken Magneten am Metall befestigt ist.

Kurz darauf entdeckt Ryan ein winziges Mikrofon unter dem Beifahrersitz.

»Diese Arschlöcher«, ruft er.

Helena fotografiert die beiden Abhörvorrichtungen und zieht das Kärtchen heraus, das Magaly ihr am Vorabend überreicht hat.

»Wozu machst du das?«

»Mal sehen, wie wir daraus einen Vorteil ziehen können!«

Sie tippt eine Nachricht in ihr Handy, korrigiert sich zwei Mal, weil ihr eine noch bessere Formulierung einfällt, drückt auf *Senden*.

Strafbares Anbringen einer Abhörwanze an meinem Auto, Verletzung meiner Privatsphäre. Darauf steht Gefängnis. Es sei denn, Sie kooperieren.

Helena überlegt gerade, ob sie nicht noch stärker hätte drohen sollen. Da vibriert ihr Handy. Das Display zeigt die Nummer von Magaly.

»Was wollen Sie von meiner Frau?«

Die Stimme klingt aufgebracht.

»Mit ihr reden. Einfach nur mit ihr reden.«

»Um uns zu drohen?«

»Ihre Frau hat mir diese Nummer gegeben, falls ich mich mit ihr unterhalten will. Das will ich jetzt. Ich will mit ihr reden. Geben Sie sie mir! Oder soll ich mich ins Auto setzen und mich dort mit ihr unterhalten – über das Mikro, das Sie unter dem Beifahrersitz angebracht haben?«

Als Helena spürt, wie der Mann zögert, beschließt sie, eine andere Strategie zu fahren.

»Haben Sie auf Richard Clarke geschossen?«

»Ja.«

»Und auch getroffen?«

»Ja, glaub schon. Er hat die Kontrolle verloren und sein Auto ist plötzlich nach rechts ausgerissen. Mit dem Vorderreifen kurz vor dem Straßengraben zum Stehen gekommen. Ich bin aus meinem Auto raus, um Clarke endgültig zur Strecke zu bringen, da hat er den Rückwärtsgang eingelegt und mich fast über den Haufen gefahren. Ich konnte gerade noch zur Seite springen. Dann ist er wie ein Irrer davongerast.«

»Und Sie haben nicht versucht, ihn zu verfolgen?«, fragt Helena.

»Keine Chance.«

»Okay«, sagt Helena, »Sie machen jetzt, was ich sage. Obwohl sie sein Auto kennen, geben Sie nichts weiter, wenn Sie von Journalisten befragt werden. Sonst stürzen sich alle Lynchjäger des Landes in die Verfolgungsjagd. Sie haben dann keine Chance mehr. Dabei sind Sie doch die Eltern eines Opfers. Haben wir uns verstanden? Ich will, dass wir uns treffen, wenn Ihre Frau mit dem Radioreporter gesprochen hat.«

Der Mann lacht auf.

»Alles, was Sie wissen, wissen Sie von uns. Wir haben den Mann an der Hotelrezeption gebeten, Ihnen das mit der Farbe und dem Kennzeichen des SUV weiterzugeben. Und auch die Infos über Clarkes Bart und seine neue Haarfarbe.«

Damit hat Helena nicht gerechnet.

»Wie haben Sie das erfahren?«

»Er hat eine Tochter im selben Alter wie Irina und wollte nicht, dass ihr auch so etwas passiert. Deshalb hat er es uns erzählt.«

»Und nachts kam Ihnen dann plötzlich die Idee, dass er es mir auch mitteilen soll?«

»Geht nicht gegen Sie persönlich. Meine Frau und ich, wir sind nur zu zweit. Aber hinter Ihnen steht eine ganze Organisation, mit Einsatzkommandos in allen Städten. Wir haben Sie gebraucht, um dieses Arschloch zu finden. Hat ja auch geklappt. Sie haben ihn uns auf dem Silbertablett serviert. Man sieht sich.«

Er legt auf. Helena fühlt sich in dem Moment, als hätte man ihr mit einem Hammer auf den Kopf geschlagen. Kommt sich wie eine Marionette vor, bei der jemand nach Belieben die Fäden zieht. Alles scheint ihr zu entgleiten. Alles.

Sie braucht etwas, um sich wieder zu fassen. Setzt sich dann wieder ins Auto, hört, wie der Moderator von Radio Plus weiterquasselt.

Franck, neben Ihnen stehen jetzt Magaly und ihr Ehemann. Er ist es, der auf den Haftentlassenen geschossen hat. Richtig?

»Ja, er hat mir bestätigt, dass er drei Schüsse auf Richard Clarke abgegeben hat. Er ist sich sicher, dass er ihn getroffen hat. Magaly, welche Botschaft haben Sie an unsere Hörerinnen und Hörer?«

»Richard Clarke hat unsere Tochter sexuell missbraucht. Er

hat sie psychisch zerstört. Wir werden ihn niemals in Ruhe lassen!«

»Natürlich. Wer von uns versteht nicht, dass Sie da zornig sind und ihn lynchen wollen. Haben Sie ihm in die Augen schauen können? Scheint er seine Tat zu bereuen? Oder war er erschrocken? Wirkte er entschlossen? Können Sie uns mehr zu seinem Fahrzeug sagen?«

»Ich habe alles dazu gesagt.«

Richard Clarke bleibt uns also weiter ein Mysterium, Franck. Das macht die Jagd auf diesen Mann umso aufregender! Liebes Publikum, wollen Sie wissen, wie es weitergeht? Bleiben Sie dran! Hören Sie Radio Plus, den Sender, mit dem …

»… mit dem Sie nach Strich und Faden verarscht werden!«, sagt Helena und stellt das Radio aus.

Sie erträgt den munter quatschenden Ton des Moderators nicht mehr, der alles ankündigt, als würde es sich um Eiscreme handeln, und für den diese Lynchjagd, die Parodie von Rechtsprechung, ein großer Spaß ist.

IN DER WOHNUNG ist es so still, dass sie alle Geräusche aus dem Stockwerk über sich hört. Wenn sie in der Nacht wach liegt und um sie herum alles dunkel ist, lauscht sie gerne auf jeden Laut und stellt sich mit offenen Augen dazu Bilder vor. Ein Rauschen. Wasser, das durch ein Rohr fließt. Nicht die Klospülung, sondern von einem aufgedrehten Wasserhahn. Sie stellt sich vor, wie jemand ein Glas mit Wasser füllt. Trinkt. Wenn sie sich ganz darauf konzentriert, gelingt es ihr manchmal, das Wasser in der eigenen Kehle zu spüren. Oder vielleicht wird damit ja auch eine Pflanze gegossen. Das Wasser für einen Blumenstrauß in einer Vase nachgefüllt. Sie sieht die Farben der Blumen vor sich, malt sich aus, welche sie auf einer Wiese pflücken würde. Margeriten, Butterblumen, Löwenzahn, Mohn. Mohnblumen liebt sie ganz besonders. Wegen ihrer roten Farbe. Wegen der zarten Blütenblätter. Sie fragt sich, warum noch niemand einen Stoff erfunden hat, der sich wie Mohnblüten anfühlt. Dasselbe Rot hat. Ein Mohnblütenkleid.

Musik ist zu hören. Nicht die Art von Musik, die sie kennt. Lebhafte Melodien, ein schwungvoller Rhythmus. Sie stellt sich einen prächtigen Ball vor, in einem festlich geschmückten Saal voller Gäste. Vielleicht findet über ihr gerade ein Ball statt? Sie lauscht, ob sie Schuhsohlen über das Parkett gleiten hört. Nichts. Vielleicht sind die Tanzenden anmutig und leicht wie Mohnblüten. Führen zierliche Tanzschritte aus, bei denen sie zwei, drei Zentimeter über dem Boden schweben. Wie im Märchen. Ja, so muss es sein. Eine elegante junge Dame erfrischt sich nach ihrem Tanz mit einem Glas Wasser. Sie ist erhitzt und außer Atem. Ihr ist etwas schwindelig, so viele Male hat sie sich beim Walzer gedreht. Wie eine Ballerina bei einer Pirouette. Das Telefon läutet und die Musik wird leiser gestellt. Nur allzu gerne würde sie verstehen, was gesprochen wird. Handelt es sich um eine Liebeserklärung? Um eine Einladung für den folgenden Tag? In die Oper? Zu einem Ausflug? Zu einer nachmittäglichen Promenade am Flussufer, im Sonnenlicht, begleitet von glitzernden Wellen?

Sie hält die Augen an die Decke geheftet, als gäbe es keine. Als wäre sie durch eine Glasscheibe ersetzt, durch die sie alles betrachten kann, was sich darüber abspielt. Sie stellt sich den samtweichen Gang einer Katze vor, die sich an die Beine ihres Besitzers schmiegt. Danach mit einem großen Sprung auf einer Kommode voller kostbarer Erbstücke und Familienfotos landet. Nichts wird von ihr umgestoßen, fällt herunter, geht zu Bruch. Auf samtweichen Pfoten schlängelt die Katze sich hindurch, die Erinnerungsstücke wie ein flüchtiger Schatten streifend. Ein Fernseher wird eingeschaltet, für einen Film oder eine Serie, deren Geschichte sie sich anhand der Geräusche ausmalt, die zu ihr dringen.

Sie klammert sich an all diese Bilder, weil sie weiß, dass das Monster wieder unterwegs ist. Aber in dieser anderen Welt kann es sie nicht finden, daran glaubt sie ganz fest. Das Monster – der Gedanke daran lässt sie mit einem Ruck in ihr Zimmer zurückkehren. Die Blumen, die über ihrem Kopf auf das Bett gemalt sind, schweben wie ein Kranz über ihr. Ein Totenkranz. Er ist in der Nähe. Sie weiß, dass er da ist. Auch wenn sie es lieber vergessen würde. Sie schließt die Augen wieder, aber die Traumwelt bleibt verschwunden. Das Dunkel ringsum in ihrem Zimmer wird bedrückend. Davor fühlte sich das Dunkel an wie im Kino, bevor der Film anfängt. Jetzt ist da nur noch ein finsteres, fast zähflüssiges Schwarz. Wie in einer Gruselgeschichte, in der sich bei Nebel und Regen nachts jeder Baum in ein Ungeheuer verwandelt.

Sie weiß, dass er da ist. Hinter der Tür wartet er. Worauf? Dass ihr Herz schneller schlägt? Dass ihr Atem sich überschlägt? Dass sie am ganzen Körper zu zittern anfängt? Plötzlich ist ihr eiskalt. Sie würde am liebsten schreien. Bringt aber kein Wort heraus. Warum steht sie nicht auf, rennt davon, klopft ein Stockwerk höher an die Tür? Ihr fehlt dazu der Mut. Würde man ihr glauben? Müsste sie sich nicht anhören, sie habe das ja so lange mit sich machen lassen – vielleicht weil sie es auch selbst wollte? Habe es ihr vielleicht sogar gefallen? Warum hatte sie nicht Nein gesagt?

Es ist allein ihre Schuld. Sie hat es nicht anders verdient.

Deshalb wird sie weiter schweigen. Sich in ihrem innersten Innern zusammenkrümmen. Darauf warten, dass es vorübergeht. Immer wieder die Worte ins Ohr geflüstert bekommen:

Du darfst es niemand sagen, Helena.
Sie würden es nicht verstehen.
Das bleibt unser Geheimnis. Versprochen?

Tagebuch von Ryan Riss auf seinem Handy

Weiter alles kompliziert. H. wirkt sehr angespannt. Entspricht
überhaupt nicht dem Bild, das ich mir von einer
Untergrundkämpferin der PFR gemacht habe, und auch nicht
Philips Beschreibung von ihr: »Absoluter Profi. Sehr reflektiert.
Ungewöhnliche analytische Fähigkeiten. Hohes Verantwortungs-
bewusstsein. Großes Pflichtgefühl. E n Vorbi d für uns alle.«
H. ist nervös, ungeduldig, starrsinnig. Soll ich Philip informieren?
Ihm von meiner Angst erzählen, dass H. völlig abdreht?
Andererseits: Was ist, wenn sie davon erfährt ...
Lieber warte ich erst mal ab und versuche, alles besser zu
durchschauen. Vielleicht braucht H. ja auch etwas Zeit, bis
sie jemand vertraut. Vielleicht muss ich ihr erst beweisen, dass
sie mir vertrauen kann. Mit der Geschichte von meinem ersten
Mal hab ich versucht, die Atmosphäre zwischen uns etwas zu
lockern. Aber hat nicht wirklich geklappt.
Um ehrlich zu sein, glaube ich, dass es um was ganz anderes
geht.
Keine Ahnung, was. Aber ich krieg's noch raus. Ich muss
verstehen, was mit H. los ist.

13

Der Zeitpunkt für das Treffen wurde von Magaly und ihrem Mann zweimal verschoben. Statt einer Begründung kam nur eine kurze Nachricht mit der neuen Uhrzeit. Helena hat sich darauf eingelassen, ohne nachzufragen. Sie möchte nicht, dass der dünne Faden zwischen ihnen reißt. Das Treffen soll jetzt um dreiundzwanzig Uhr stattfinden. Bis dahin grübelt sie in einem fort nach, warum sie die beiden eigentlich unbedingt treffen will. Weshalb sie glaubt, dass die Begegnung ihr in irgendeiner Weise nützlich sein kann. Sie würde sich gern vormachen, dass Magaly und ihr Mann irgendeine neue Information haben könnten, etwas, das Ryan und sie noch nicht wissen. Aber alle Hypothesen, die sie innerlich dazu aufstellt, münden ins Nichts. Bleibt nur noch der Vorwand, die beiden davon zu überzeugen, keinesfalls die Farbe des SUV oder die letzten Buchstaben des Nummernschilds bekannt zu geben.

Helena hat eine Stunde geschlafen. Von Albträumen geplagt. Ein Schlaf, von dem sie sich etwas Erholung versprochen hat. Jetzt fühlt sie sich nur noch kaputter. Fix und fertig.

»Du solltest was essen, bevor wir uns mit ihnen treffen«, schlägt Ryan vor.

Helena lächelt. Der Junge bemüht sich so. Er verhält sich, wie ein großer Bruder sich verhalten sollte. Er hat ja keine Ahnung. Sie mag ihn. Trotzdem wird sie darauf achten, dass zwischen ihnen die nötige Distanz bestehen bleibt. Das geht gar nicht anders. Alle Menschen auf Distanz zu halten, ist ihr zur zweiten Natur geworden. Dagegen kommt sie nicht an, und seit sie mit Richard Clarke beschäftigt ist, ist alles nur noch schlimmer geworden. Was aber auch kein Wunder ist.

»Was schlägst du vor?«

»Ganz in der Nähe gibt's einen Dönerladen. Sieht nicht schlecht aus.«

Sie setzen sich an einen Tisch in der Ecke und bestellen jeder einen Döner und ein Getränk.

»Warst du schon mal mit Philip im Team?«, fragt Ryan und trinkt einen Schluck von seiner Cola.

Helena weiß sofort, worauf er hinauswill. Es wundert sie, dass Ryan nicht schon früher damit gekommen ist.

»Hat er dir seine Geschichte erzählt.«

Sie sagt es nicht als Frage. Helena weiß, dass Philip allen Neuen, die er für fähig hält, seine Geschichte erzählt. Als Vertrauensbeweis, den er entsprechend inszeniert.

»Um dir zu beweisen, dass nicht sinnlos ist, was wir tun.«

»Er hat nur gesagt, dass er ein Ex-Haftentlassener ist. Wofür ist er denn verurteilt worden?«

Helena lässt die Frage im Raum stehen.

»Vergangene Zeiten«, sagt sie. »Das war in einem anderen Leben. Das Gefängnis soll es dir ermöglichen, ein neues Kapitel aufzuschlagen. Das muss dir reichen.«

»Kennst du seine Geschichte?«

»Nein.« Helena schüttelt den Kopf und Ryan fragt nicht weiter nach. Gut so. Es bedeutet, dass sie das mit dem Lügen immer noch beherrscht. Ein bitteres Lächeln umspielt ihre Lippen.

Helena gehört zu den wenigen, die von Philips Vergangenheit als militanter Aktivist wissen – genauer gesagt von seiner Zugehörigkeit zum Schwarzen Block. Nur der Druck der Straße und Gewaltaktionen könnten die Welt verändern, davon war Philip jahrelang überzeugt. Seine Jugend hatte er mit Demos, gewalttätigen Auseinandersetzungen und militanten Aktionen zugebracht. Bis eines Tages bei einer Aktion was mächtig schieflief. Bei einem Brandanschlag auf eine Bank kamen zwei Männer ums Leben. Zusammen mit anderen wurde Philip in der Nähe der Bank festgenommen. Er hätte seine Beteiligung an dem Anschlag abstreiten können, aber das tat er nicht. Seine Haltung war es, zu den Aktionen zu stehen, die sie durchführten. Auch in diesem Fall, wo es tragischerweise zwei Opfer gab. Ob er wirklich die Bombe geworfen hatte, hat Helena nie erfahren.

Als drei Jahre später das Gesetz zur vorzeitigen Haftentlassung in Kraft trat, gab es in den sozialen Medien eine breite Kampagne zu seiner Freilassung. Die drei Millionen Stimmen erreichte Philip mühelos. Neun Tage gelang es ihm, seinen Lynchjägern zu entkommen. Neun Tage und neun Nächte einer einsamen Flucht. Die Untergrundorganisation der PFR bildete sich damals gerade erst. Philip war einer der Ersten, die in einem Geheimgefängnis der PFR den Rest ihrer Strafe abbüßten. Zwölf Jahre lang. Zwölf Jahre, in denen er sich über den Rest seines Lebens Gedanken machen konnte.

»Ich weiß nur, dass er in einem unserer Gefängnisse saß und danach neu angefangen hat.« Mehr sagt Helena nicht.

Ryans Augen leuchten, als würde er seinen Lieblingsaction-helden kennenlernen.

»Neue Identität. Neues Aussehen. Ein Neustart von null.« Der Gedanke an Philip verleiht ihr die Energie, die sie für das bevorstehende Treffen dringend braucht.

Magaly und ihr Ehemann warten auf dem Parkplatz eines Einkaufszentrums am Rand der Stadt. Ein nach allen Seiten hin offener Ort, an dem sich keiner unbemerkt nähern kann. Das Risiko, dass Clarke sie bedrohen könnte, ist minimal. Sie scheinen trotzdem sichergehen zu wollen. Helena hält auf dem Parkplatz.. Das Ehepaar ist bereits da.

»Was wollen wir eigentlich von ihnen?«, fragt Ryan. »Was sagen wir ihnen?«

Viel zu sagen hat Helena ihnen nicht. Zuhören, das ist eher ihre Sache. Magalys Bemerkung damals, kurz bevor sie die *Hypnose* verlassen hat, steckt ihr immer noch in den Knochen. *Wer nicht für uns ist, ist gegen uns.* Helena hätte das abtun können, darin den Ausdruck der über Jahre hinweg in Magaly aufgestauten Empörung, Angst und Wut sehen können. Aber sie bekommt den Satz einfach nicht aus dem Kopf. Wahrscheinlich weil er bei ihr etwas sehr Heikles berührt. Mit Richard Clarke in einen Topf geworfen zu werden, ist ihr unerträglich. Ihre eigene Geschichte kann und will sie Magaly und ihrem Mann nicht erzählen. Aber sie empfindet es als ihre Pflicht, die Verzweiflung dieser Eltern ernst zu nehmen.

Eine lange Begrüßung erspart sie sich. »Gut, dass Sie die Farbe und den Fahrzeugtyp nicht verraten haben. Sonst hätten wir gleich alle Lynchjäger am Hals. Aber es geht um Ihre Rache, so etwas können Sie nicht wollen.«

Magaly schaut sie erstaunt an. Sie kapiert nicht gleich, was Helena meint. An ihrer Stelle antwortet ihr Mann:

»Wir werden Clarke weiter jagen. Mit oder ohne Hilfe von Ihnen. Nach allem, was er Irina angetan hat ...«

Über Magalys Wangen strömen Tränen. Helena greift nach ihren Händen. Magaly zögert einen Moment, fängt an zu zittern. Zieht ruckartig ihre Hände weg.

»Was wollen Sie?«, fragt der Mann.

»Ihnen sagen, dass ich Ihren Schmerz verstehe.«

Magalys Mund verzieht sich verächtlich.

»Ach ja, Sie können das verstehen? Glaub ich nicht. Wissen Sie denn, was er ihr angetan hat?«

»Nein«, gesteht Helena, obwohl sie es sich ziemlich gut vorstellen kann.

»Dann sage ich es Ihnen mal. Stellen Sie sich vor, wie eine fremde Hand auf Ihrem Schenkel liegt. Die Hand eines Mannes, der Ihr Vater sein könnte, so groß ist der Altersunterschied. Die Hand von jemandem, dem Sie bisher vertraut haben. Eine Hand, die sich Zeit lässt, die langsam nach oben wandert. Stellen Sie sich vor, wie die Finger über Ihre Haut streichen. Meine Tochter hat es nicht fertiggebracht, Nein zu sagen. Sie hat sich nicht getraut. Sie hatte Angst. Und danach, als es geschehen war, hat sie sich geschämt. Vor sich selbst. Dass sie es mit sich hat machen lassen. Dass sie nicht sofort Nein gesagt hat. Und so ist die Falle über ihr zugeschnappt. Als alles öffentlich wurde, hat sie viele Zuschriften bekommen. Hunderte unverschämter, beleidigender, obszöner Mails. ›Du hast es doch gewollt.‹ ›Du hättest nur Nein zu sagen brauchen.‹ ›Wenn er das alles mit dir treiben konnte, dann nur, weil du dabei auch deinen Spaß hattest.‹ Die Mails, in denen sie als Schlampe, kleine Hure oder sexgeile Aufreißerin beschimpft wurde, erspare ich Ihnen. Das hat sie zutiefst getroffen. Psychisch zerstört. In den Mails wurde bestritten, dass sie das Opfer war. Unsere Tochter hat das nicht verkraftet. Und wir auch nicht.«

Helena weiß nicht, was sie darauf antworten soll. Am liebsten wäre sie ganz weit weg. Hätte diese Sätze am liebsten nie gehört. Sie hat das Gefühl zu ersticken. Ihre Vergangenheit ist eine Riesenschlange, die sich um sie windet und sie erwürgt. Gleich wird der Kopf der Schlange vor ihr auftauchen und sie mit weit aufgerissenem Maul verschlingen. Es wundert sie nur, dass sie trotzdem nicht zittert.

Helena nimmt alle Kraft zusammen, die sie noch hat, und fragt:

»Und wie geht es ihr jetzt?«

Magaly zieht ratlos die Schultern hoch.

»Aus Furcht hat sie sich so stark in sich abgekapselt, dass sie aus diesem Zustand nicht mehr herauskommt. Können Sie das verstehen? Wie es sich anfühlen muss, für immer in einem so fürchterlichen inneren Gefängnis zu verharren?«

Helena würde ihr gern antworten, dass sie das nur zu gut versteht. Sie weiß, dass der innere Zufluchtsort, in den sie sich bei jeder Vergewaltigung geflüchtet hat, eine uneinnehmbare Festung ist. Egal wie man es nennt: Gefängnis, Zufluchtsort, Festung, Unterschlupf, Versteck oder Traumwelt. Das Wort kümmert sie nicht. Wichtig war, dass sie sich dort in Sicherheit fühlte. Der andere konnte mit ihrem Körper machen, was er wollte. Es geschah in einer anderen Welt. Ganz weit von ihr entfernt. Hatte nichts mit ihr zu tun. War so weit weg, dass es nie geschehen war.

Aber über all das kann sie nicht reden.

»Sagen Sie ihr, dass Sie sie lieben«, antwortet sie stattdessen.

»Dass Sie sie niemals verurteilen werden. Dass sie für immer Ihre Tochter bleibt.«

»Was glauben Sie denn? Natürlich sagen wir ihr das.«

»Man will ihr absprechen, dass sie das Opfer dieses Mannes ist«, erwidert der Vater, »und jetzt kommen auch noch Menschen wie Sie, die den Täter vor der Strafe, die er verdient hat, retten wollen! Wie soll meine Tochter da ins Leben zurückfinden? Wie soll sie da jemals wieder unbeschwert sein? Sie sind eine Komplizin von Richard Clarke!« Er zeigt auf Helena, dann auf Ryan. »Und Sie auch!«

Als Helena merkt, dass Ryan etwas darauf entgegnen will, macht sie ihm ein Zeichen, zu schweigen. Was sie beide zu sagen haben, wird ungehört bleiben. Der Schmerz dieser Eltern ist zu stark. Es ist noch zu früh. Wenn Sie will, dass sie für vernünftige Argumente zugänglich werden, muss sie zuerst ihren Zorn besänftigen, ihren Schmerz lindern und ihre Wunden etwas heilen lassen. Wenn sie ihnen sagen könnte, wer sie ist und was sie selbst durchgemacht hat, wäre das bestimmt hilfreich. Ja, ihnen alles sagen, damit sie vielleicht besser verstehen, dass Wut und Rache nichts ändern werden. Dass daraus nichts Gutes erwächst, weder für sie noch für ihre Tochter.

»Warum wollten Sie uns überhaupt treffen?«, fragt der Mann und legt schützend den Arm um seine Frau.

»Das habe ich Ihnen bereits gesagt. Sie davon überzeugen, dass es besser ist, die Informationen über den SUV und das neue Aussehen des Täters nicht an die Lynchjäger weiterzugeben. Wenn irgendwelche Unbekannte ihn töten, wird das bei Ihnen einen bitteren Geschmack hinterlassen. Weil nicht Sie es waren, die da etwas zu Ende gebracht haben. Die Lösung muss von Ihnen kommen. Von Ihnen allein.«

»Und was erhalten wir dafür im Gegenzug von Ihnen?«

Helena dreht sich zu Ryan.

»Hol die beiden Wanzen.«

Ryan entfernt sich, kehrt nach einer halben Minute wieder zurück.

Helena und das Ehepaar schweigen sich währenddessen an. Sie nimmt Ryan die Wanzen aus den Händen und schmeißt sie auf den Asphalt. Zertritt sie nacheinander mit ihrem Absatz.

»Dafür werde ich keine Anzeige erstatten.«

Der Mann starrt auf die Trümmer seiner Abhörgeräte. Hebt den Kopf wieder.

»Wir werden nicht aufhören, diesen menschlichen Abschaum zu jagen«, verkündet er. »Und wenn ich ihn finde, dann schneide ich ihm die Kehle durch.«

Er zieht seine Frau mit sich fort.

»Komm. Wir haben hier nichts mehr verloren.«

Helena ist es nicht gelungen, ihren Zorn zu lindern. Und sei es nur den Zorn auf sie.

Sie sieht Irinas Eltern nach, wie sie hastig davongehen. Da vibriert in ihrer Tasche das Handy.

»Was spielst du eigentlich für ein Spiel?«, fragt Ryan, während sie die eingetroffene Nachricht liest.

Sie stammt von Philip.

> *Ruf mich sofort an.*
> *Ihr müsst so schnell wie möglich zurückkommen.*

Auszug aus dem Sitzungsprotokoll
Helena Varance bei ihrem Therapeuten Dr. Serge Nalo

Reden? Wozu? Mit wem? Warum? Ich habe nicht Nein
sagen können - und jetzt soll ich alles aufde-
cken? Melden? Anzeige erstatten? Und wer wäre
dann der Angeklagte? Wer ist schuldig? Ich? Er?
[Schluchzen]
Wozu soll es gut sein, das alles jetzt hervor-
zuzerren?
[Schweigen]
Ich hätte nie herkommen sollen. Das nutzt doch
alles nichts. Mein Entschluss steht fest. Ich
werde aufhören. Das war das letzte Mal. Ich ver-
geude damit nur meine Zeit.

14

Helena war darauf gefasst gewesen, einen schmalen, zerbrech-
lichen, verzweifelten Menschen anzutreffen. Aber das stellt sich
als Irrtum heraus. Diego Abrio ist viel größer und stämmiger, als
sie ihn in Erinnerung hatte. Als er sie sieht, nimmt er eine kämp-
ferische Haltung an und umklammert fest das Messer, das er an
die Kehle seiner Geisel hält. Seines Zellengenossen. Ein bereits
älterer Mann, in dessen Augen sie Angst und Unverständnis lesen kann. Augen, die sie anflehen, entschlossen zu handeln und
ihn zu befreien. Sie nickt ihm aufmunternd zu und hofft, dass
Abrio es nicht bemerkt.

»Du willst mit mir reden?«, fragt sie und bemüht sich, so be-
ruhigend wie möglich zu klingen.

Helena muss an ihre erste Begegnung denken, in einer Tiefgarage. Diego Abrio war damals als Haftentlassener zur Lynchjagd freigegeben gewesen. Verstand überhaupt nicht, was da
gerade geschah. Sie hatte ihn innerlich richtig durchrütteln
müssen, um bei ihm eine Reaktion hervorzurufen, so verloren
und verzweifelt war er gewesen.

»Ich verlange meine Freilassung!«

»Du weißt, dass das nicht möglich ist. Du hast dich verpflichtet, den Rest deiner Strafe hier abzusitzen. Hier, da unten hast du unterschrieben.«

Sie hält ihm Papiere unter die Nase und zeigt auf seine Unterschrift.

»Ihr habt mich reingelegt! Vollgelabert und reingelegt!«, brüllt er.

Helena atmet tief durch. Es wird komplizierter als gedacht.

Als Philip ihr am Telefon die Situation geschildert hatte, weigerte sie sich zunächst, ihren Einsatz abzubrechen und in die Zentrale zurückzukehren. Aber weil Helena vor zwei Jahren mit seinem Fall befasst gewesen war und ihn exfiltriert hatte, blieb ihr keine andere Wahl. Diego Abrio machte ein Treffen mit ihr zur Voraussetzung für jede weitere Verhandlung. Helenas Protest fruchtete bei Philip überhaupt nichts. Auch nicht, als sie ihm klarmachte, dass Richard Clarke ihnen dann wahrscheinlich entwischen würde. Einen Beweis dafür, dass Ryan und sie ihm dicht auf der Spur waren, konnte sie nicht vorlegen. Deshalb hatte Philip die Diskussion kurzerhand beendet und ihr mitgeteilt, dass andere Einsatzkommandos der PFR die Suche nach Clarke fortsetzen würden. Wenn die Geiselnahme beendet sei und von Clarke neue Informationen vorlägen, könne sie sich ja wieder mit dem Fall beschäftigen.

Bei ihrer Ankunft in der Zentrale hat Philip sie kurz über die Lage informiert. Helena hat ihm aufmerksam zugehört, dabei mehrmals ein Gähnen unterdrückt. Sie braucht dringend Schlaf – und so was wie das hier hat ihr gerade noch gefehlt.

»Und was ist der Auslöser?«, fragt sie und blickt von der Aktenmappe hoch.

»Wissen wir nicht. Abrio war bisher vorbildlich, ruhig, hat sich gut eingefügt. In den Gutachten der vergangenen Wochen und Monate findet sich nichts. Keinerlei Alarmsignale. Ab und zu depressive Verstimmungen, kleine Durchhänger. Sonst nichts.«

»Und seine Ausbilder?«

»Abrio steht kurz vor seinem Diplom als Informatikingenieur. Fleißig. Zielstrebig. Von Zeit zu Zeit muss man ihn etwas motivieren, aber nichts Auffälliges. Gestern erst hat er ein Projekt abgeschlossen. Irgendeine Softwareprogrammierung, ich versteh davon nichts. Wir haben sogar angefangen, ihm ein paar Aufgaben zu übertragen. Das neue System für die Terminplanung der Einsatzkommandos, darum hat er sich gekümmert.«

»Ist er in Behandlung?«

»Er nimmt ein leichtes Antidepressivum. Seine körperliche Verfassung ist gut. Keine Krankheiten. Sein letztes Blutbild vor drei Monaten war ausgezeichnet.«

»Und was ist passiert? Warum tut er das plötzlich? Hat er dazu irgendwas gesagt?«

Philip schüttelt den Kopf.

»Wie schon gesagt, er will nur mit dir reden, mit niemand sonst.«

Dann hat sie ihn über den Stand bei Richard Clarke informiert. Helena erläuterte Philip, wie Ryan und sie auf seine Spur gestoßen waren. Wie Magaly und ihr Mann sie manipuliert hatten, indem sie den Rezeptionisten des Hotels dazu brachten, ihr die notwendigen Informationen zu geben. Sie schilderte, wie sie die Wanzen gefunden hatten. Und dass sie überzeugt davon war, dass Magalys Mann sie angebracht hatte, während sie sich mit Magaly in der Bar *Hypnose* traf. Dann beschrieb Helena noch kurz, wie sie Magaly und ihren Mann erfolgreich darum gebeten hatte, die Informationen zum Fluchtauto und zu Richard Clarkes verändertem Aussehen nicht weiterzugeben. Damit wolle sie die Lynchjäger so lang wie möglich fernhalten.

»Gute Arbeit«, sagt Philip.

»Keine Ahnung, wie lang sie dichthalten. Wir müssen das mit Richard Clarke schnell über die Bühne bringen. Magaly und ihr Mann werden sonst bald aufgeben, Clarke selbst zu verfolgen, und die Informationen über die sozialen Medien verbreiten, damit andere für sie den Job erledigen. Die Zeit läuft uns davon! Clarkes Exfiltration hat höchste Dringlichkeit.«

»Was schlägst du vor?«

Wenn Helena den Fall Clarke behalten will, muss sie jetzt beweisen, dass sie die Situation im Griff hat. Einen Moment lang hat sie daran gedacht, Philip zu bitten, dass sie ihn abgeben darf. Damit sie sich selbst besser schützen kann. Aber sie hat Angst, dass es ihr danach nur noch schlechter geht. Bisher hat sie bei den PFR niemand davon erzählt, dass sie als Kind sexuell missbraucht wurde. Jetzt vor einem auf der Flucht befindlichen Pädophilen die Waffen zu strecken, hätte für sie einen bitteren Nachgeschmack. Sie will später nicht das Gefühl haben, der Konfrontation ausgewichen zu sein. Sie will nicht kapitulieren. Sie will kämpfen. Das schuldet sie der kleinen Helena, die immer noch in ihr steckt. Dem kleinen Mädchen, das immer Angst davor hatte, zu reden, und sein schlimmes Geheimnis im Innersten vergraben hat. Tief. Ganz tief. So tief wie möglich, damit die Erinnerung daran niemals mehr an die Oberfläche kommt. Und deshalb schuldet sie es sich jetzt, bis zum Ende zu gehen. Um sich selbst, aber auch der kleinen Helena zu beweisen, dass sie handlungsfähig ist. Und dass die Monster, die Kinder sexuell missbrauchen, nicht für immer Macht über ihre Opfer haben.

»Alles okay bei dir?«, fragt Philip.

»Richard Clarke ist verletzt«, fährt sie in kämpferischem Tonfall fort. »Wir wissen nur nicht, wie schwer die Schussverletzung ist. Er hat mindestens eine Kugel abbekommen. Magalys Mann hat drei Schüsse auf ihn abgegeben. Clarke braucht dringend medizinische Hilfe. Wir müssen die Angaben zu seinem Fahrzeug an alle Einsatzkommandos der PFR rausgeben. Clarke kann sich überall aufhalten. Er spielt gerne Katz und Maus.«

»Ich kümmere mich drum.«

»Ich will sofort informiert werden, falls ihr ihn entdeckt«, fügt Helena hinzu. »Bei der Exfiltration muss ich dabei sein!«

Philip wirkt von ihrer Entschiedenheit überrascht. Um Einwänden zuvorzukommen, steht Helena hastig auf. Sie fühlt sich steif, ihr Rücken schmerzt. Als wäre ich zwanzig Jahre älter, denkt sie.

»Und jetzt zu Abrio. Weiß er, dass ich hier bin?«

»Ja.«

»Und?«

»Er wartet darauf, dass du zu ihm in die Zelle kommst.«

»Du hast mich reingelegt«, wiederholt Diego Abrio verbittert. »Mich vollgelabert.«

»Denk mal richtig nach, Diego. Weißt du noch? Du hast mich angerufen, weil du exfiltriert werden wolltest. Du warst damit einverstanden, deine Strafe in einem unserer Gefängnisse abzusitzen. Freiwillig. Ein Einsatzkommando hat dich abgeholt. Lass deine Geisel los. Das führt doch zu nichts. Wir werden dich nicht freilassen, das weißt du genau. Du bist hier zwar in einem Untergrundgefängnis, aber du musst deine reguläre Haftstrafe absitzen. So wie sie das Gericht über dich verhängt hat. Wir bekämpfen das Gesetz zur vorzeitigen Haftentlassung und die Lynchjustiz, nicht die Rechtsprechung. Aber du weißt auch, dass wir dir so ermöglichen, dich auf das Leben danach vorzubereiten.«

»Ich will hier raus!«

»Mach doch nicht alles kaputt. Du erhältst bei uns eine Ausbildung. Bald bist du Informatiker. Du bist jung. Du hast nach der Haft noch ein langes Leben vor dir. Du bist erst vierunddreißig, wenn du rauskommst. Vierunddreißig, das ist jung. Denk an das neue Leben, das du dir danach aufbauen kannst.«

»Es wird für mich nie ein Neuanfang sein. Die Vergangenheit trage ich immer in mir.«

Diesen Satz hätte sie auch selbst sagen können.

»Stimmt. Was geschehen ist, können wir nicht auslöschen. Wir müssen damit leben.«

Man kann sich niemals ganz von seiner Vergangenheit lösen, das weiß sie selbst am besten. Seit ihrem zehnten Geburtstag hat sie das Gefühl, hinter einer Glaswand zu sitzen, getrennt von den anderen, und gegen ein Monster zu kämpfen.

Schweigen legt sich über den Korridor und die Gefängniszelle. Helena bemüht sich hastig, es zu durchbrechen.

»Aber deine Strafe hast du dann abgebüßt. Deine Schuld gegenüber der Gesellschaft beglichen«, sagt sie.

»Das bringt Mona nicht zurück.«

»Nein, das bringt sie dir nicht zurück. Aber denk doch mal darüber nach, was sie sich für dich gewünscht hätte.«

Diego lockert den Griff, mit dem er seinen Zellengenossen

umklammert hält. Entfernt die Klinge ein paar Zentimeter von dessen Hals.

»Lass ihn gehen, Diego. Bitte. Er hat doch nichts damit zu tun.«

Helena mustert Abrios Gesicht. Seine Hände. Er ist in seiner eigenen Wirklichkeit gefangen, denkt sie, die mit der Welt um ihn herum nichts zu tun hat.

»Lass ihn gehen«, wiederholt sie, diesmal in einem noch sanfteren Ton.

Die Geisel wirft ihr einen flehenden Blick zu.

»Diego, bitte! Lass ihn los!«

Endlich löst Diego die Umklammerung. Der Mann wagt es noch nicht, sich zu rühren, aus Angst, dass die kleinste Bewegung Abrios Zorn neu entfachen könnte. Mit einer Hand winkt Helena den Zellengenossen zu sich heran. Der Mann geht vorsichtig auf sie zu. Mit herabhängenden Armen steht Abrio reglos da und lässt es geschehen. Helena lächelt ihn an und nickt ihm zu.

»Gut gemacht, Diego«, lobt sie ihn.

Als der Mann bei ihr angekommen ist, zeigt sie nach hinten auf eine Tür, hinter der Philip und zwei Wächter warten, bereit einzugreifen, falls die Situation eskaliert. Helena macht ein Zeichen, dass sie sie mit Diego allein lassen sollen. Als die Tür zugefallen ist, nähert sie sich Abrio.

»Du hast das Richtige getan. Mona wäre stolz auf dich.«

Tränen laufen Abrio die Wangen runter.

»Gestern war ihr Todestag. Das ist der Grund, oder?«, sagt sie leise.

In Abrios Akte hat Helena vorhin noch einmal das Datum des Autounfalls gelesen, bei dem seine Freundin Mona Goverts tödlich verunglückt war. Ohne dass sie sich bei dem Datum zunächst viel gedacht hat. Aber in ihrem Kopf muss es weitergearbeitet haben. Abrio hatte am Steuer gesessen.

Helena bleibt noch eine Weile in der Zelle. Hört Diego Abrio zu, als er von seinen Erinnerungen an Mona erzählt. Dann von dem Hass spricht, den Monas Eltern für ihn empfinden und der an Monas Todestag bestimmt wieder besonders stark ist.

»Es tut mir unendlich leid, dass es so gekommen ist. Ich kann mir das nie verzeihen.«

Wieder laufen ihm Tränen die Wangen runter. Ein Arzt betritt die Zelle. Diego wehrt sich nicht, als er ihm den rechten Ärmel hochschiebt.

»Das wird dir helfen, den inneren Druck loszuwerden«, sagt Helena zu Abrio. Der Arzt ist bereits dabei, ihm ein Beruhigungsmittel zu spritzen.

Helena legt Diego Abrio kurz die Hand auf die Schulter. Nickt ihm zu. Dann öffnet sie hinter sich die Tür und geht aus der Zelle.

»Guter Job!«, beglückwünscht Philip sie.

Helena zwingt sich zu einem Lächeln. Durchs Fenster dringt helles Sonnenlicht. Sie hat das Gefühl für Zeit und Raum verloren, hat keine Ahnung, wie lange sie bei Abrio in der Zelle war. Philip reicht ihr einen Kaffee.

»Iss was«, sagt er und deutet auf eine Platte mit Sandwiches. »Das wird dir guttun.«

Beim Anblick der belegten Brote hat Helena das Gefühl, dass sich ihr der Magen umdreht. Aus dem Kaffeebecher, um den sie beide Hände gelegt hat, strömt Wärme auf sie über. Das tut ihr gut. Sie braucht frische Luft. Tritt ans Fenster. Macht es auf. Schaut auf die Bäume, deren Laub im Wind raschelt.

Als sie sich nach einer Weile umdreht, wirkt Philip wie verwandelt.

»Was ist los?«, fragt sie.

»Wir haben Richard Clarke aufgespürt.«

»Wo? Wann?«

Philip seufzt auf.

»Es ist nicht so gelaufen wie geplant.«

Sie hören Radio Plus, den Sender, mit dem Sie die neuesten Nachrichten miterleben können, als wären Sie vor Ort! Wie bereits vermutet, übertrifft die Hetzjagd auf Richard Clarke alle Erwartungen. Es wird Hochspannung geboten! Ein Haftentlassener, der Fotos von sich verbreitet und alle glauben lässt, dass er sich an einem Ort befindet, an dem er längst nicht mehr ist. Datenübermittlung aus Städten, in denen man ihn niemals vermutet hätte. Schüsse, die ihn treffen, aber nicht an seiner weiteren Flucht hindern können. Und vor etwas mehr als einer Stunde ein Handgemenge, bei dem er erneut entkommen konnte. Spannender geht es kaum!

Doch kehren wir zu den Ereignissen von heute Morgen zurück. Unseren Reportern vor Ort ist es gelungen, dazu folgende Fakten zu ermitteln: Um halb neun sucht der Haftentlassene Richard Clarke an seinem letzten bekannten Aufenthaltsort einen Arzt auf, dessen Namen wir hier aus Sicherheitsgründen nicht anführen. Wir werden ihn im Folgenden Doktor K. nennen. Richard Clarke hat eine Schusswunde an der Schulter, die dringend versorgt werden muss. Doktor K. macht sich an die ärztliche Erstversorgung, ihm fehlt jedoch spezielles Verbandmaterial. Er gibt vor, einen Kollegen um Hilfe bitten zu wollen, und nutzt das Telefongespräch dazu, Personen aus seinem Bekanntenkreis darüber zu informieren, dass der Haftentlassene in seiner Praxis aufgetaucht ist. Was Richard Clarke nicht ahnt:

Doktor K. ist ein militanter Verfechter des Gesetzes zur vorzeitigen Haftentlassung. Um Viertel vor neun ist vom Praxisparkplatz lautes Gebrüll zu hören. Wie es scheint, sind dort fast gleichzeitig Lynchjäger und Anhänger der PFR eingetroffen. Wie es dazu kam, muss noch aufgeklärt werden. Woher hatten beide Gruppen ihre Informationen? Sicher ist jedoch, dass es zu einem Handgemenge kam und der Lärm bis in die Praxisräume zu hören war. Richard Clarke war sofort alarmiert, griff Doktor K. tätlich an und stürmte aus der Praxis. Aus unerfindlichen Gründen gelang es ihm erneut, zu fliehen. Wo befindet er sich jetzt? Wird ihn die Schusswunde bei seiner weiteren Flucht beeinträchtigen? Wir werden sicher bald mehr darüber erfahren.

In der Zwischenzeit wollen wir Ihnen, unserem lieben Publikum, die Möglichkeit geben, sich zu den neuesten Entwicklungen zu äußern. Was halten Sie von den Partisanen für mehr Rechtsgerechtigkeit? Wie stehen Sie zu den Aktionen der PFR? Rufen Sie uns an! Wir haben jetzt Marta in der Leitung, die uns ihre Antwort auf diese Frage mitteilen möchte.

Guten Tag, Marta! Was haben Sie uns zu diesem Thema zu sagen?

»Ich glaube nicht, dass es diese Partisanengruppe gibt. Das ist alles erfunden.«

Auch wenn sie sich meistens sehr unauffällig verhalten und anonym bleiben, haben sich Mitglieder der PFR immer wieder zu Wort gemeldet, auch hier auf unserem Sender. Warum glauben Sie, dass es sich um eine Erfindung handelt?

»Vielleicht gibt es sie ja tatsächlich, aber meiner Meinung nach sind sie einfach nur erfunden worden, um die Hetzjagden spannender zu machen.«

Und wer hat sie Ihrer Meinung nach erfunden?

»Keine Ahnung, woher soll ich das wissen? Aber ich bin mir sicher, dass man uns da anlügt.«

Danke, Marta, für Ihren Anruf. Ich glaube, es sind nicht alle derselben Meinung wie Sie. Wir sind jetzt mit Owen verbunden. Owen, wer sind Sie und woher rufen Sie uns an?

»Ich bin Hotelmanager. Ich ziehe es vor, Ihnen nicht zu sagen, woher ich Sie anrufe. Aber ich kann bezeugen, dass es die PFR wirklich gibt. Erst vorgestern sind zwei von ihnen zu mir ins Hotel gekommen und haben bei uns übernachtet.«

Sind Sie sich da ganz sicher?

»Ganz sicher. Die Info kommt von der Frau des Mannes, der auf den Haftentlassenen geschossen hat.«

Oooooooohhhhh! Die Wendung kommt jetzt sehr unerwartet ...

»Sie glauben mir nicht? Ich kann Ihnen auch sagen, wie die Frau von den PFR heißt. Helena Varance. Der Name stand auf der Kreditkarte, mit der sie die beiden Zimmer bezahlt hat, das hab ich mitge...«

Ups, da muss ich Sie leider unterbrechen, Owen! Denn hier bei uns, bei Radio Plus, gibt es eine strikte Regel, die wir uns aus Datenschutzgründen gegeben haben. Nämlich niemals einen echten Namen zu nennen!

15

Helena ist sauer auf Philip, weil er sie nicht über den Einsatz informiert hat. Sie hatte ihn darum gebeten. Will über alles, was Richard Clarke betrifft, auf dem Laufenden sein.

Philip und Helena sitzen sich in dem schmalen, schlauchartigen Büro gegenüber, das normalerweise als Raum für Gespräche mit den Gefangenen dient. Vor allem über ihre künftige Wiedereingliederung in die Gesellschaft. Immer wieder hat Helena ihre Vorgesetzten darauf hingewiesen, dass es für solche Gespräche ungünstig ist, wenn sie in einem Raum stattfinden, in dem man sich durch die Wände fast erdrückt fühlt. Wie soll sich dort der Blick der Gefangenen auf ihre Zukunft weiten können? Jedes Mal hat sie zur Antwort bekommen, dass die Mittel der PFR trotz ihrer großzügigen Förderer beschränkt seien.

»Warum hast du mir nichts gesagt?«, fragt sie.

Helenas Vorwurf prallt an Philip ab.

»Du hättest dann nur verlangt, dass unser Kommando mit dem Einsatz wartet, bis du da bist.«

»Ja, das hätte ich«, antwortet sie.

»Und dann wären wir noch später eingetroffen. Das mit den Lynchjägern vor der Praxis war schon ärgerlich genug. Du hast es doch selbst gehört. Der Arzt hat sie benachrichtigt.«

Das weiß Helena. Aber es ärgert sie maßlos, dass sie hier in der Zentrale herumhockt, während sich draußen die Ereignisse überschlagen.

»Clarke hat sich wieder mal aus dem Staub gemacht. Wohin? Wann finden wir ihn wieder?«

Helena hakt sich an dem Thema fest, um den Moment hinauszuzögern, in dem Philip auf ein viel drängenderes Problem zu sprechen kommt. Aber das glückt ihr nicht.

»Das ist gerade nicht unser größtes Problem, und das weißt du genau. Viel schwerwiegender ist, dass im Radio dein Name genannt wurde.«

Es ist so weit, denkt Helena. Jetzt muss ich ernsthaft befürchten, von diesem Fall abgezogen zu werden. Jetzt geht es für mich um alles oder nichts.

»Mein Name, ja. Aber mein Foto ist nicht öffentlich gemacht. Man findet es nirgendwo.«

Philip denkt einen Moment nach.

»Ich habe alle Vorschriften gewissenhaft befolgt«, setzt Helena nach. »Es gibt von mir nirgendwo ein Foto. Das Netz wurde von unseren Agenten sorgfältig durchforstet und alles gesäubert. Wie bei allen Frischlingen der PFR.«

»Ich weiß. Ich habe das gerade noch mal überprüfen lassen. Wenn man deinen Namen eingibt, taucht kein Foto auf. Trotzdem. Dein Klarname ist jetzt bekannt.«

»In dem Hotel hätte ich niemals übernachten dürfen«, gesteht sie. »Und schon gar nicht mit meiner Karte bezahlen. Ein absoluter Anfängerfehler. Aber wir waren beide fix und fertig. Vor allem ich, nach dem Einsatz in der Nacht davor.«

Philip nimmt den kaum versteckten Vorwurf wahr.

»Die Übernachtung in dem Hotel war ein Fehler, so was machen wir aus Sicherheitsgründen normalerweise nicht, und das weißt du auch. Du machst sonst sehr gute Arbeit. Daran zweifelt hier keiner. Aber ab jetzt wirst du wachsamer und vorsichtiger als bisher sein müssen. Je mehr Stunden seit Clarkes Freilassung verstreichen, desto unkontrollierbarer werden die Lynchjäger. Da läuft schnell mal was aus dem Ruder. Für die ist Richard Clarke ein Kinderschänder, der so schnell wie möglich eliminiert werden muss. Bereits zwei Mal hat er sie jetzt wie Idioten dastehen lassen. Beide Male war dabei die PFR im Spiel. Für die Lynchjäger ermöglichen wir es Richard Clarke, seiner gerechten Strafe, nämlich dem Lynchmord, zu entkommen. Da liegt für sie die Vermutung nahe, dass diese Helena Varance Richard Clarkes Komplizin ist. Du bist in Gefahr, Helena.«

Ihr Name und der von Richard Clarke in einem Satz.

In Helena steigt Ekel auf, so stark, dass ihr davon schlecht wird. Bilder jagen einander in ihrem Kopf. Ein regloser Körper im Schein einer Straßenlampe. Die Tür ihres Zimmers, die sich langsam und leise öffnet. Der brüllende Diego Abrio. Magalys blasses, erschöpftes Gesicht, ihre verweinten Augen. Irina im Krankenwagen, nach ihrem Suizidversuch.

»Helena, alles okay bei dir?«

Die Sirene in ihrem Kopf hört zu heulen auf. Philip beugt sich zu ihr vor. Hat seine Hand auf ihre Schulter gelegt, ohne dass sie es gemerkt hat.

»Ja ... ja ... alles okay. Du hast recht. Ich muss einen Happen essen.«

Sie greift nach einem Sandwich und beißt hinein.

Helena blickt aufs Handy. 11.05 Uhr. Sie hat keine Ahnung, was sie jetzt tun soll. Sobald sie anfängt, ihre Gedanken zu ordnen, kommt in ihr alles noch mehr durcheinander.

»Wie ist's denn mit Ryan gelaufen?«, fragt Philip.

»Er wird bestimmt ein guter Agent«, antwortet sie.

Das sagt Helena nicht nur, das denkt sie auch. Sie hat Ryans Verhalten beobachtet, seine Leidenschaft gespürt, sein Verantwortungsgefühl bemerkt. Vor allem aber hat sie ihn zutiefst schätzen gelernt. Die ernste, aufrichtige Art, mit der er die Menschen um sich herum wahrnimmt. Mit der er auf ihre Fragen geantwortet und sich ihr anvertraut hat. Genau das braucht es für eine starke, verlässliche Beziehung als Team.

»Fühlst du dich zu einer kurzen Besprechung in der Lage?«, fragt Philip. »Ich würde dir gern was zeigen.«

Helena nickt. Philip steht auf und geht in den Nebenraum voran.

Auf das Whiteboard ist eine Landkarte projiziert. Die drei Städte, in denen Richard Clarke sich in den letzten Tagen aufgehalten hat, sind durch Linien miteinander verbunden. Die Linien bilden ein V.

»Er macht sich über uns lustig«, sagt Ryan.

Helena dreht sich um. Ryan sitzt wie ein eifriger Schüler an einem Tisch.

»Philip hat mir das mit Abrio erzählt«, sagt er. »Wow!«

Helena nickt, sieht ihn dabei nicht an. Nach einem kindlichen, bewundernden Blick ist ihr gerade überhaupt nicht.

»Was hältst du davon?«

Die Luft ist abgestanden, fast schwül. Helena starrt auf das V. Vergräbt die Hände in den Taschen, damit niemand das Zittern bemerkt. Das V weckt das kleine Mädchen in ihr. Ihr Kinder-Ich, das in einem geheimen Winkel in ihrem Inneren Zuflucht gefunden hat, an einem Ort, zu dem keiner Zutritt hat. Nur sie selbst. Dort sind ihre Erinnerungen an die Zeit vor ihrem zehnten Geburtstag aufbewahrt. Da gibt es alle ihre Spielsachen. Ihr Lieblingskuscheltier, ein Murmeltier. Das Licht ist sanft. Eine Musik spielt, ein friedliches Wiegenlied. Aber jetzt will dort etwas eindringen und sie mit Gewalt aus ihrem Zufluchtsort vertreiben, sie aufscheuchen wie Jagdhunde, die einen Fuchs tief drinnen in seinem Fuchsbau aufstöbern.

Es gelingt ihr nicht, die Augen von dem V zu lösen. Eine Stimme summt in ihren Ohren. *Du darfst es niemand sagen, Helena. Sie würden es nicht verstehen. Das bleibt unser Geheimnis. Versprochen?* Ein Geheimnis, das sie bis jetzt in sich verwahrt hat. Ein Geheimnis, das sie tief in sich vergraben hat. Der Täter, der ihr das alles angetan hat, könnte sich auch mit einem V wie Victory brüsten.

»Ist vielleicht nur ein Zufall«, sagt sie.

»Glaubst du wirklich, was du da sagst?«, fragt Ryan.

Sie dreht sich zu ihm um und blickt ihn an.

»In den Jahren, seit ich hier dabei bin, habe ich gelernt, dass man sich nie auf etwas versteifen soll. Wenn man um jeden Preis irgendwelche Botschaften entschlüsseln will, findet man immer etwas. Alle Verschwörungstheorien funktionieren so. Man interpretiert Zeichen, stellt Bezüge her und glaubt am Schluss an einen geheimen Sinn, den es nicht gibt … Aber die Verknüpfungen wirken so logisch, dass man gar nicht anders kann, als sie für wahr zu halten.«

Philip gibt ihr recht. Außerdem bringe es nichts, sich dabei lang aufzuhalten. Über Clarkes weiteres Verhalten ließen sich daraus keine Schlüsse ziehen.

»Wichtiger scheint mir«, sagt Helena, »dass er jedes Mal dieselbe Entfernung zurücklegt.«

Sie greift nach einem schwarzen Filzstift und zieht auf dem Whiteboard einen Kreis um den letzten Standort, an dem Clarke lokalisiert wurde. Der Radius entspricht der Strecke, die Clarke in den letzten beiden Tagen jeweils zurückgelegt hat. Dann nimmt Helena einen blauen Filzstift und markiert die Städte, die auf oder neben der Kreislinie liegen.

»Wenn er es genauso wie in den vergangenen Tagen macht, wird er heute Abend in einer dieser vier Städte sein.«

Philip nickt.

»Leuchtet mir bisher am meisten ein«, sagt er. »Ich benachrichtige die Einsatzkommandos vor Ort und schicke Verstärkung.«

»Dann hoffen wir mal, dass er seine Gewohnheiten nicht ändert«, wirft Ryan ein.

Helena schaut ihn kurz an, dreht sich danach wieder zu dem V, das ihr spöttisch in die Augen springt.

Ich krieg dich, denkt sie.

Telefongespräch zwischen Philip und Ryan

Philip: Ich mache mir Sorgen um sie. Sie wirkt auf mich extrem angespannt.

Ryan: Akuter Schlafmangel, das ist alles. Und ich glaub auch, dass sie der Suizid von Rachel Volat echt mitgenommen hat.

Philip: Ich weiß. Ich hätte sie da nicht mit hinschicken sollen. Nicht unmittelbar vor der Haftentlassung von Richard Clarke. Aber ich hatte keine Wahl. Uns fehlte ein Agent.

Ryan: Jetzt beschäftigt sie das nicht mehr so, ist jedenfalls mein Eindruck.

Philip: Mir ist nicht ganz wohl dabei, sie weiter auf den Fall Richard Clarke anzusetzen.

Ryan: Warum?

Philip: Vielleicht sollte ich sie etwas schonen. Ich will sie ja noch länger behalten. Meine Aufgabe kann manchmal auch sein, die Agenten vor sich selbst zu schützen.

Ryan: Das können Sie ihr nicht antun. Sie ist da voll engagiert. Sie hat geahnt, in welche Richtung Clarke fliehen würde. Hat blitzschnell kapiert, dass das Auto verwanzt war. Ich war dabei, wie sie mit den Eltern von Irina, einem der Opfer von Richard Clarke, geredet hat. Hat mich mächtig beeindruckt. Sie haben keine Infos weitergegeben. Sie wird sie noch überzeugen. Die Eltern werden uns helfen, Clarke zu finden. Ganz bestimmt.

Philip: Einverstanden, aber ich will über alles auf dem Laufenden gehalten werden. Was Helena denkt, was sie tut, ihre Stimmungsschwankungen.

Ryan: Ich möchte Helena nicht verraten.

Philip: Das verlange ich auch nicht! Ich will nur verhindern, dass sie einen Burn-out bekommt. Um die Anzeichen frühzeitig zu erkennen, brauche ich dich als mein Auge und Ohr.

16

Helena hat mit Ryan vereinbart, dass er um 16.30 Uhr bei ihr vorbeikommt. Philip musste ihr versprechen, sie sofort zu benachrichtigen, falls es Neuigkeiten gibt. Sie will sich ein paar Stunden ausruhen, den Kopf klarbekommen, die Waschmaschine und den Trockner laufen lassen, weil sie ja nicht weiß, wie viele Tage sie auf der Jagd nach Richard Clarke unterwegs sein werden. Helena tippt neben der Haustür den Code ein, ohne den man nicht in das Mietshaus kommt, in dem sie wohnt. Sieht im Briefkasten nach, ob Post für sie da ist. Nichts. Drückt den Aufzugknopf. Als die Aufzugtür sich öffnet, tritt ihre Nachbarin vom dritten Stock heraus. Mehrmals am Tag geht sie mit ihrem Hund spazieren. Einer winzigen Fellkugel, bei der kaum die Augen zu erkennen sind. Jedes Mal, wenn den beiden jemand über den Weg läuft, fängt die Kugel zu kläffen an. Auch jetzt ist es nicht anders. Frauchen zieht mit einem Ruck an der Leine, damit das Bellen aufhört.

»Er hält sich für stark und böse«, entschuldigt sich die Frau, nachdem sie Helena mit einem Kopfnicken gegrüßt hat.

Helena lächelt ihr zu, betritt den Aufzug und drückt den Knopf für den sechsten Stock.

Dort funktioniert im Korridor das Licht nicht. Die wenigen Meter zu ihrer Wohnungstür geht Helena im Dunkeln. Entdeckt dann, dass die Tür halb offen steht. Weicht zurück. Unterdrückt einen Aufschrei. Um ihre Gefühle unter Kontrolle zu bringen, zwingt sie sich, tief durchzuatmen. Lauscht. Alles still. Mit der Fußspitze schiebt Helena die Tür vorsichtig weiter auf. Auf dem Fußboden liegen alle möglichen Sachen von ihr verstreut. Aus dem Wandschrank im Flur ist ihre Winterkleidung herausgezerrt. Alles, was sich im Bücherregal befand, ebenfalls. Vor allem Comics, aufgeblättert, die Seiten zerrissen. Die Eindringlinge sind über alles hinweggetrampelt. Helena macht einen Schritt in den Flur. Lauscht wieder. Tränen schießen ihr in die Augen. Sie steigt über den Kleiderhaufen. Lauscht weiter auf jedes noch so kleine verdächtige Geräusch. Das Wohnzimmer ist vollkommen verwüstet. Der Inhalt der Schrankfächer und Schubladen häuft sich auf dem Boden. Sogar die Bilder und Plakate an den Wänden sind heruntergerissen. Bei jedem Schritt knirscht Glas. Die Couchpolster sind aufgeschlitzt. Auf die Fototapete mit dem weiten Meereshorizont ist

KOMPLIZIN

aufgesprüht.

Helena fühlt sich, als würde ihr ins Gesicht geschlagen. Mit einer Stärke, die jeden normalen Menschen umbringen könnte. Die aufgesprühte Farbe läuft an der Wand herunter. Reflexartig will Helena sie mit dem Finger wegwischen, aber sie ist bereits angetrocknet. Als sie den dicksten Tropfen betastet, fühlt er sich noch weich an. Der Überfall ist erst ein paar Stunden her, denkt sie. Nachdem in diesem beschissenen Radiosender mein Name gefallen ist. Wie haben die Eindringlinge sie so schnell ausfindig machen können? Die Antwort ist einfach. Sie müssen von einem Nachbarn oder einer Nachbarin kontaktiert worden sein. Wer von ihnen es wohl war? Helena lässt die Gesichter der Nachbarn an sich vorbeiziehen, forscht nach einem aufgesetzten, falschen Lächeln; versucht zu erraten, bei wem sich hinter einer freundlichen Miene feindselige Gedanken verbergen. Aber das Böse und die Niedertracht haben kein Gesicht. Es könnte jede oder jeder von ihnen gewesen sein – die nette Omi eingeschlossen, deren Schoßhündchen so gern den starken Kerl markiert. Sie könnte bei den Nachbarn im selben Stockwerk klingeln und fragen, von denen sie nach wir vor nicht glauben kann, dass sie zu so etwas fähig sind. Ob ihnen etwas aufgefallen ist. Aber um diese Uhrzeit sind sie alle bei der Arbeit. Helena geht weiter ins Schlafzimmer. Auch dort herrscht Chaos. Die Matratze ist aus dem Bettgestell gerissen, alles verstreut und durcheinander. Im Badezimmer dasselbe Bild. Helena hebt ihr Parfümfläschchen auf, das wundersamerweise nicht zerbrochen ist, und stellt es auf die Ablage über dem Waschbecken zurück. Im Spiegel blickt ihr ihr eigenes Gesicht entgegen. Schnell wendet sie die Augen davon ab. Zur Gegenüberstellung mit sich selbst ist sie noch nicht bereit. Sie kehrt ins Wohnzimmer zurück.

Wonach haben die Eindringlinge bei ihr gesucht? Oder wollten sie ihr drohen? Ihr klar machen, dass Mitglieder der PFR nicht unbehelligt bleiben? Helena ahnt, was an Kommentaren in den sozialen Medien auf sie wartet. Beschimpfungen. Drohungen. Obszöne Beleidigungen. Jeder Satz davon wird wie mit einer Rasierklinge ihre inneren Schutzschichten durchschneiden. Besser, sie liest die Kommentare gar nicht.

Sie mustert aufmerksam alles, was auf dem Boden verstreut ist, und versucht herauszufinden, ob irgendetwas fehlt. Gleicht das Bild des Zustands jetzt mit den Bildern davor ab. Klaubt ein Kleidungsstück nach dem anderen auf, macht eine Inventur ihrer Schränke, visualisiert sämtliche Klamottenkombinationen, die sie in der letzten Zeit getragen hat. Alles scheint noch da zu sein. Bis hin zur Unterwäsche und den Schuhen. Auf dieselbe Weise verfährt Helena mit dem Rest ihrer Besitztümer und bemerkt nichts, was ihr fehlt. Die Wanze an ihrem Auto fällt ihr ein. Vielleicht soll das Durcheinander in der Wohnung ihre Aufmerksamkeit von etwas ganz anderem ablenken? Sie untersucht in den Zimmern jeden Winkel, jedes Möbelstück, auch innen, jeden Gegenstand. Lässt die Finger in den kleinsten Spalt gleiten, dreht die Couch um, tastet den Lattenrost ihres Betts an der Unterseite ab.

Nach mehr als einer Stunde genauester Untersuchungen ist für sie klar: Nicht nur fehlt in ihrer Wohnung nichts, es sind auch nirgendwo Wanzen angebracht worden, um sie auszuspähen. Mit dem Handy macht sie aus allen möglichen Blickwinkeln Fotos. Sie weiß noch nicht, wofür sie die Bilder möglicherweise noch braucht. Aber es ist ihr wichtig, das Chaos zu dokumentieren. Sie will, dass davon ein Nachweis bleibt. Zur Polizei wird sie nicht gehen, keine Anzeige erstatten.

Erst danach fängt sie an, etwas Ordnung zu machen. Schnell verlässt sie dabei der Mut. Sie befördert die Polster zurück auf die Couch, lässt sich darauffallen. Nimmt den Kopf zwischen die Hände, fängt an, sich den Nacken zu massieren. Ihre Muskeln sind so verspannt, dass sie es bald aufgibt. Danach versucht sie zu schlafen, aber es gelingt ihr nicht. Ihr Gehirn brodelt, will nicht zur Ruhe kommen. Ihre Vergangenheit quält sie. Und alle scheinen sich auf sie zu stürzen: ihre Nachbarn, die sie denunziert haben, die Lynchjäger, die ihre Wohnung auf den Kopf gestellt haben, Irinas Eltern, die ihr Verhalten nicht verstehen, und Richard Clarke mit seinem aggressiven, auftrumpfenden V.

Helena steht auf, geht ins Bad, setzt sich in der Duschkabine auf den Boden und lässt kaltes Wasser auf sich herabprasseln. Die Tropfen, die auf ihre Schädeldecke trommeln, vermischen sich mit den in ihrem Kopf kreisenden Gedanken. Kühlen sie etwas herunter.

Auf einmal fühlt Helena sich wieder, als wäre sie zehn Jahre alt. Als würde der Albtraum wieder von vorne beginnen. Sie fühlt sich einem Angriff auf ihr Innerstes ausgesetzt, der sie einsam und sprachlos macht. Zum Schweigen verurteilt. *Du darfst es niemand sagen, Helena.*

Eine gefühlte Ewigkeit bleibt sie so in der Dusche sitzen. Als sie endlich das Wasser abdreht und aufsteht, zurück ins Wohnzimmer geht, ist es bereits sechzehn Uhr. Sie lässt einen langen, leeren Blick über ihre herumliegenden Sachen wandern, dann beschließt sie, die Wohnung zu verlassen und drunten auf der Straße auf Ryan zu warten.

»Alles okay?«, fragt er, als er eine halbe Stunde später eintrifft.

»Ja, alles okay«, antwortet Helena.

Tagebuch von Ryan Riss auf seinem Handy

Ich bin Auge und Ohr für P. Das macht mich stolz. Aber H. gegenüber fühle ich mich fies. Ich soll sie beobachten. Das nennt man ausspionieren, oder? Wie ich da vor mir selbst dastehe, gefällt mir nicht. Ich fühle mich schmutzig. Und wo ist die Grenze zwischen Ausspionieren und Verraten? Scheint mir fließend zu sein ... Wenn ich jemand ausspioniere, ist das für mich Verrat.

Und was passiert, wenn H. es erfährt? Wird sie nicht jeden Kontakt mit mir abbrechen?

Wie könnte ich solche Spionage vor ihr rechtfertigen?

Wie würde ich reagieren, wenn jemand sich mir gegenüber so verhalten würde?

Seit ich das Büro von P. verlassen habe, bin ich innerlich zerrissen. Mir wird immer unwohler.

H. ist jemand, den ich sehr schätze. P. schätze ich auch. P. ist mein Vorgesetzter. Es wird von mir erwartet, dass ich ihm gehorche. Deshalb werde ich mich wohl an die Idee klammern, dass ich es eigentlich für H. mache. Zu ihrer eigenen Sicherheit. Nur dafür. Ich würde niemals etwas tun, das ihr schaden könnte. Niemals!

17

In der Tiefgarage halten sich zwei Wagen mit Einsatzkommandos bereit. Sobald die neuen Daten von Richard Clarke übermittelt sind, werden sie starten. Im Besprechungszimmer herrscht Hochspannung. Helena mustert zum x-ten Mal die Landkarte auf dem Whiteboard, den Kreis, den sie am Vormittag gezogen hat, die Städte, die sie markiert hat. Als könnte sie irgendein Signal empfangen, das ihr den Ort, an dem sich Clarke versteckt hält, verrät. Noch vor der Benachrichtigung durch die App *Guilty*. Das V zieht bei ihr alles in seinen Bann. Neben ihr wartet Ryan darauf, dass sie losstürmen können.

Helena ist genauso ungeduldig wie er. Losstürmen. Ein Ziel haben, auf das sie ihre ganze Aufmerksamkeit richten kann. Die Bilder ihrer verwüsteten Wohnung beiseiteschieben. Die Jagd fortsetzen. Sie müsste jetzt eigentlich das weitere Vorgehen mit Ryan besprechen. Aber dafür haben sie noch während der Fahrt Zeit.

18.57 Uhr.

Sie stellt sich Richard Clarke vor, wie er mit seinem marineblauen SUV kurz vor einer Kreuzung auf dem Seitenstreifen steht, den Fuß auf dem Gaspedal. Ruhig und selbstsicher. Startklar. Um Punkt neunzehn Uhr wird er aufs Neue für vierundzwanzig Stunden verschwinden. Da wird er in eine Richtung losfahren, die nur er selbst weiß. Ein weiterer Aufschub. Ein ganzer Tag. Er blickt auf die Uhr, sieht die Sekunden und Minuten verstreichen. Vielleicht reibt er über die elektronische Fußfessel an seinem Knöchel. Sie ist von einer Verräterin zur Komplizin geworden, mit deren Hilfe er sich seine Verfolger vom Hals halten kann. Helena stellt sich die innere Stärke vor, die es braucht, um in so einer Situation keine Panik zu bekommen. Aber das erstaunt sie nicht. Pädophile Täter sind außerordentlich selbstbewusst und willensstark ... Nur so schaffen sie es, die sozialen und moralischen Regeln außer Kraft zu setzen, die Kinder zum sexuellen Tabu erklären. Nur so gelingt es ihnen, sich vorzumachen, dass sie selbst über allem stehen und nichts ihrem Begehren Einhalt gebieten kann. Nur deshalb schaffen sie es, alle Skrupel beiseitezuschieben, falls sie überhaupt welche haben. Nur so können sie sich einreden, dass sie etwas ganz Normales tun. Nur deswegen schaffen sie es, ihre Opfer davon zu überzeugen, dass sie schweigen sollen. Nur so bringen sie eine Schuldumkehr zustande, sodass auf den Opfern ein Schuldgefühl lastet.

Ja, Helena hat sich schuldig gefühlt und fühlt sich heute noch schuldig. Von diesem Schuldgefühl kann sie sich nicht befreien. Warum hat sie es nicht geschafft, Nein zu sagen?

Bevor sie mit ihren Gedanken noch weiter abschweift, kehrt sie lieber wieder zu ihrer Zielperson zurück.

18.59 Uhr.

Der Herzschlag von Richard Clarke beschleunigt sich. Vielleicht zählt er ja leise die Sekunden mit. Ein wahrer Countdown. In einer Mischung aus Anspannung und Erregung. Ein weiteres Mal die Verfolger abzuhängen, eine unbekannte Richtung einzuschlagen. Er allein weiß, wohin. Er blickt in den Rückspiegel, nimmt den Moment vorweg, in dem er sich in den Verkehrsfluss einreiht. Er ist bereit. Nur noch wenige Sekunden. Die drei Handys vibrieren in derselben Sekunde. Die neue Meldung der App *Guilty* ist eingetroffen.

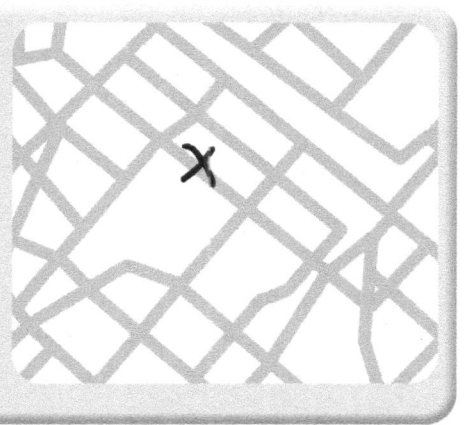

Richard Clarke
Sexueller Missbrauch
von Minderjährigen
48 Jahre
Gefährlichkeit: 1/10
Puls: 110
Emotionaler
Stabilitätsindex: 3/10

Und natürlich der Standort. Die Verwirrung ist allgemein. Richard Clarke wurde nicht weit entfernt von dem Park geortet, in dessen Nähe er freigelassen wurde.

»Was soll das denn?«, ruft Philip, schließt die App und ruft sie erneut auf, als könnte das etwas ändern.

Ryan tritt zu Helena, sieht sie an.

»Was hältst du davon?«, fragt er schließlich.

In ihrem Kopf herrscht Chaos. Sie blickt auf, heftet die Augen erneut auf die Landkarte, auf das V wie Victory.

»Entweder verhöhnt er uns und macht sich einen Spaß daraus, alle, die ihn verfolgen, an der Nase herumzuführen ...«

Helena überprüft innerlich die Wahrscheinlichkeit dieser Hypothese. Glaubt nicht daran.

»Oder?«, fragt Philip.

Sie hält ihm ihr Handy vor die Nase.

»Sein Emotionaler Stabilitätsindex liegt bei drei von zehn Punkten. Clarke ist verletzt. Und jedes verletzte Tier zieht sich an einen vertrauten Ort zurück. Er schafft es nicht mehr allein. Er braucht Hilfe.«

»Deshalb ist er hierher zurückgekehrt und wird die Stadt auch nicht verlassen? Schlägt keine neuen Haken?«

Helena zögert. Analysiert noch einmal die Vitalparameter des Haftentlassenen. Puls bei 110. ESI bei 3. Verglichen mit der letzten Statusmeldung eine deutliche Negativtendenz.

»Nein«, sagt sie. »Er ist in der Stadt und wird sie nicht verlassen. Nicht, solange er verletzt ist.«

Philip gibt eine Reihe von Befehlen. Einsatzkommandos sollen die Stadt nach dem marineblauen SUV durchkämmen. Die Teams, die er in andere Städte entsandt hat, ruft er hastig zurück.

»Komm mit. Lass uns hier im Viertel suchen. Der Park ist nur zwei Minuten entfernt.«

Helena stürmt die Treppe hinunter. Ryan ihr hinterher. Sie springen ins Auto, rasen sofort los.

»Halt die Augen offen, Ryan.«

Sie jagt kreuz und quer durch die Straßen, biegt nach links ab, gleich wieder nach rechts, fährt dann ein Stück geradeaus. Planlos und willkürlich. Auf einen Zufall hoffen: Das ist alles, was sie im Moment tun können.

Ryan dreht den Kopf in alle Richtungen, richtet sich in seinem Sitz kerzengerade auf, um möglichst viel sehen zu können, beugt sich aus dem Fenster, wenn der Ausblick vor ihnen durch einen Lastwagen oder Transporter versperrt ist. Wie ein Matrose hoch oben im Ausguck eines Segelschiffs, denkt Helena und muss lächeln. Eine gute Viertelstunde lang durchkämmen sie die Umgebung des Parks. Sie wollen alle beide nur zu gern daran glauben. Vielleicht sehnen sich der Zufall und das Schicksal ja auch nach Gerechtigkeit.

Auf Helenas Handy geht ein Anruf von Philip ein. Sie stellt auf laut.

»Der SUV ist entdeckt worden. Er steht in Flammen!«

Eagle421

Der Kinderschänder hat uns an der Nase rumgeführt! Er ist wieder an den Ausgangspunkt zurückgekehrt! Wir müssen ihn in die Enge treiben!

19:01   ❤ : 173   ⚎ : 34   💬 : 4

Kommentare:

Dragon_13 @Eagle421

Ja. Er hat das gemacht, um uns auseinanderzutreiben. Alle, die vor Ort sind, müssen die Ausfallstraßen blockieren, damit er uns nicht noch einmal entkommt. Bin schon unterwegs!

19:03

Söldner @Eagle421

Ich errichte auf der N12 in Richtung Norden eine Straßensperre!

19:04

Gun_27 @Eagle421

Wir kümmern uns um die N3. Verstärkung erwünscht!

19:06

Dragon_13 @Eagle421

Wir finden ihn und dann soll er verrecken!

19:07

18

Als Helena und Ryan ankommen, haben zwei Feuerwehrleute die Flammen gerade gelöscht. Von dem marineblauen SUV bleibt nur ein schwarzes ausgebranntes Wrack, von dem noch etwas Rauch aufsteigt. Weißer Löschschaum tropft an der Karosserie herunter. An einigen Stellen sind noch Reste der blauen Lackierung zu erkennen. Helena bemüht sich, das Kennzeichen zu entziffern. Es ist fast unleserlich, aber für sie gibt es keinen Zweifel. Der letzte Buchstabe ergibt eindeutig ein Z.

»Das ist Clarkes Fahrzeug.«

Richard Clarke hat es wie die Bankräuber gemacht, die ihre Autos auch oft verbrennen, um keine Spuren zu hinterlassen.

Helena steigt aus. Die Stelle ist nicht zufällig gewählt. Auf der einen Seite der Straße ist eine hohe Mauer, auf der anderen Brachland. Keine zufälligen Zeugen. Trotzdem leicht zu entdecken. Ryan steht neben ihr. Beobachtet die Feuerwehrleute.

»Schieß los ... deine Assoziationen?«, fordert sie ihn auf.

Er lacht nervös. Ein Lachen, das im Zischen der Feuerlöscher untergeht.

»Ziemlich klischeeartig, oder?«

»Nicht ganz falsch«, sagt sie. »Da stimme ich dir zu.«

Helena ist erleichtert, dass es ihr gelungen ist, etwas Distanz zwischen sich und den Fall Richard Clarke zu bringen. Ryan lachen zu hören, tut ihr gut.

»Und wie lautet deine Analyse?«, fragt sie weiter.

»Wird das wieder eine Prüfung?«, erwidert er.

»Nenn es, wie du willst. Hauptsache, wir kommen voran.«

Ryan räuspert sich, holt tief Luft.

»Ehrlich gesagt, kann ich mir nicht vorstellen, dass er hier seinen SUV anzündet und dann zu Fuß weitergeht.«

»Nicht schlecht.«

»Er war nicht allein. Jemand hat in der Nähe auf ihn gewartet.«

»Oder jemand anders hat für ihn das Auto angezündet«, ergänzt Helena.

»Ein Lynchjäger?«

»Nein. Das hätten wir in den sozialen Medien bereits erfahren. Lynchjäger brüsten sich immer mit ihren Taten. Lynchjägerinnen auch.«

»Ein Komplize?«, fragt er zurück.

»Wie meinst du das?«

»Seine Flucht war zu gut durchgeplant, das kann er nicht ganz allein so durchgezogen haben. Man besorgt sich nicht so einfach schnell mal einen SUV, wenige Minuten nach der Haftentlassung. Und jetzt, wo er verletzt ist, kehrt er zu der Person zurück, die ihm anfangs geholfen hat. Vielleicht ist das auch dieselbe, die den SUV in Brand gesteckt hat, während er sich irgendwo versteckt hält.«

»Oder seine Wunde versorgen lässt.«

»Von einem Arzt? In einer Klinik?«

»Hängt von der Schwere der Schussverletzung ab. Wenn es uns gelungen wäre, den SUV zu untersuchen, hätten wir vielleicht mehr Informationen bekommen können. Grad der Verwundung. Menge des verlorenen Bluts. Ist jetzt alles nicht mehr möglich.« Zwei Polizisten machen Fotos. Ein Lastwagen vom Abschleppdienst ist eingetroffen. Sobald die Polizisten fertig sind, wird der Fahrer das verkohlte Wrack auf die Ladefläche hieven und abtransportieren.

»Und jetzt?«, fragt Ryan.

»Jetzt durchforsten wir die Kliniken und die Wartezimmer der Ärzte. Nicht alle Ärzte sympathisieren mit den Lynchjägern. Wir haben einen zeitlichen Vorsprung. Wir wissen, dass er die Haarfarbe geändert hat. Alle anderen nicht.«

»Vielleicht hat der Arzt gestern auch Clarkes neues Aussehen durchgegeben …«

»Wir müssen dort nach ihm suchen. Sofort. Bald wird es hier von Lynchjägern und Schaulustigen nur so wimmeln.«

Helena bittet die Zentrale um eine Liste der Ärzte und Kliniken. Schickt eine Kopie an Ryan, der in der Zwischenzeit in den sozialen Medien die neuesten Kommentare der Lynchjäger überfliegt. Er will wissen, was sie planen.

»Du guckst auf einmal so merkwürdig«, sagt sie zu ihm.

Ryan ist bleich geworden.

»Was ist los?«, fragt Helena. »Ryan, sag mir, was los ist!«

Mit schnellem Blick checkt sie, ob von *Guilty* eine Todesnachricht eingetroffen ist. Schaut dann wieder zu Ryan, der wie erstarrt vor ihr steht.

»Was hast du da entdeckt?«, fragt sie und greift sich sein Handy.

Ryan starrt sie mit weit aufgerissenen Augen an.

»Du solltest das vielleicht besser nicht ...«

Helena starrt auf die Aufzeichnung eines Gesprächs mit ihrem Therapeuten.

Sie hören Radio Plus, den Sender, mit dem Sie die neuesten Nachrichten miterleben können, als wären Sie vor Ort! Die Nachricht hat uns alle überrascht: Richard Clarke ist zurück in der Hauptstadt! Die letzte Übermittlung seiner Standortdaten erfolgte genau von der Stelle aus, an der er vor drei Tagen ausgesetzt wurde. Drei Tage einer Flucht quer durchs ganze Land – nur um dann wieder zum Ausgangspunkt zurückzukehren. Wen hätte das nicht verblüfft? Inzwischen sind an allen wichtigen Ausfallstraßen der Stadt Barrikaden errichtet worden. So melden es uns unsere Reporter, die draußen für Sie unterwegs sind, so melden es uns aber auch Sie, unsere lieben, treuen Hörerinnen und Hörer. Judith ist eine von Ihnen.

Judith, Sie stehen gerade an einer Straßenbarrikade. Können Sie uns erklären, warum?

»Diesmal kriegen wir ihn. Der Dreckskerl entwischt uns nicht noch mal.«

Ich höre, dass es um Sie herum recht lautstark zugeht. Sind Sie viele?

»Es sind Dutzende hierhergekommen! Wir machen hier weiter, bis er gefunden und eliminiert ist. Vorher rühren wir uns nicht vom Fleck. Wir kontrollieren jedes Auto!«

Sind Sie sicher, dass Richard Clarke noch in der Stadt ist?

»Er hat sein Auto in Brand gesteckt und er ist verletzt. Er

kann jetzt nicht mehr von Stadt zu Stadt flüchten und uns zum Narren halten.«

Judith, Sie sagen uns, dass er verletzt ist, dass er sich in großer Bedrängnis befindet. Wie geht es Ihnen damit, ein bereits geschwächtes Wild zu jagen?

»Glauben Sie, dass den so was gekümmert hat? Der hat sich an ganz jungen Dingern vergriffen, er hat arme, schwache Mädchen vergewaltigt. Wir werden ihn finden und eliminieren. Egal in welchem Zustand er sich befindet! Und wenn wir dafür die ganze Stadt durchsuchen müssen, jeden Keller, jeden Hinterhof, jeden Hauseingang!«

Danke, Judith!

Liebe Hörerinnen und Hörer, diese Jagd scheint eine neue, spannende Wendung zu nehmen. Bleiben Sie dran! Hören Sie weiter Radio Plus, den Sender, mit dem Sie die neuesten Nachrichten miterleben können, als wären Sie vor Ort!

19

»Wir unterstützen dich, wenn du Anzeige erstattest«, sagt Philip vorsichtig.

Helena hört ihn gar nicht. In ihr tobt eine unbeschreibliche Wut. Nichts scheint die Sturmflut aufhalten zu können, die sich zerstörerisch über sie ergießt. Die Akte mit den Aufzeichnungen ihres Therapeuten wurde bei ihr gestohlen und online gestellt. Der Link zum Herunterladen der Dokumente verbreitete sich im Netz in Windeseile. Wie viele wohl inzwischen gelesen haben, was sie als Patientin Dr. Nalo anvertraut hat? Beim bloßen Gedanken daran kommt ihr schon das Kotzen.

Die Kommentare überschlagen sich. Einer hasserfüllter als der andere. Niemand versteht, wie sie einen Sexualstraftäter vor Lynchjägern schützen kann, wenn sie als Kind selbst vergewaltigt wurde. Man beschimpft sie als Hure, als Schlampe. Manche behaupten, das habe ihr doch Spaß gemacht. Deshalb sei sie gar kein Opfer. Sie sei die Verführerin gewesen und brauche so was! Bei anderen liest es sich noch viel drastischer. Dazu noch die unzähligen Todesdrohungen. Aber das ist es nicht mal, was Helena am meisten fertigmacht. Es ist das Gefühl, dass mit der Veröffentlichung dieser Dokumente die kleine Helena der Öffentlichkeit zum Fraß vorgeworfen wird. Die kleine Helena, die am liebsten niemals zehn Jahre alt geworden wäre. Die zu unsicher und zu ängstlich war, um Nein zu sagen. Die Angst hatte, dass man sie nicht mehr lieben würde, wenn sie den Mund aufmachte und redete … ein Mädchen, das sich nicht zu wehren wusste – all den Wölfen zum Fraß vorgeworfen, die sich jetzt auf sie stürzen, einer wüster und schlimmer als der andere.

»Helena, ich muss dich jetzt vom Fall Richard Clarke abziehen.«

Die Worte ihres Vorgesetzten sind wie Ohrfeigen.

»Das kannst du mir nicht antun, Philip!«

»Das kann ich nicht nur, das MUSS ich tun, Helena! In deinem eigenen Interesse. Um dich zu schützen. Du bist da viel zu persönlich in die Sache verstrickt.«

»Aber das ist fünfzehn Jahre her!«

»Egal ob fünf Jahre, fünfzehn oder fünfzig … das ändert nichts. Du hast ein Trauma erlebt, ein heftiges Trauma, und du hast dich bisher nicht darum gekümmert, es zu verarbeiten.«

Helena wirft ihm einen wutentbrannten Blick zu. Natürlich hat auch Philip die Krankenakte gelesen, das wird ihr jetzt klar.

»Ein Therapeut kann mir dabei überhaupt nicht helfen.«

Philip macht mit der Hand eine Geste, die besänftigend wirken soll.

»Helena, ich will da mit dir in keine Fachdebatte einsteigen. Das ist nicht meine Kompetenz. Wenn du mit dem Therapeuten hier bei uns reden willst, kannst du das tun. Ich schreib ihm gleich. Er ist hervorragend, das weißt du. Aber meine Entscheidung ist unwiderruflich. Ich ziehe dich von diesem Fall ab.«

Helena richtet sich kerzengerade auf. Bemüht sich, die Tränen zurückzuhalten, die ihr in die Augen schießen.

»Erhol dich erst mal. Nimm dir so viel Zeit, wie du brauchst. Danach reden wir noch einmal über alles. Und überlegen gemeinsam, welche Funktion du in Zukunft innerhalb der PFR einnehmen kannst. Ein Einsatz im Außendienst kommt für dich nicht mehr infrage. Zumindest vorerst.«

»Aber ich möchte draußen bei Einsätzen dabei sein! Deshalb bin ich den PFR beigetreten.«

»Ich weiß«, sagt er sanft. »Ich weiß. Aber dein Profil ist öffentlich gemacht worden. Mit zu vielen persönlichen Details.«

Ihr Leben stürzt vor Helena zusammen, und sie kann nichts tun, um das alles aufzuhalten. Ist bloß Zuschauerin.

»Du könntest dich um die Zukunft der Gefangenen kümmern, sie bei ihren Überlegungen und ihrer Planung begleiten. Du hast alles, was es dafür braucht. Hast die notwendige Sensibilität. Du erreichst sie mit dem, was du sagst.«

Helena sieht ihn mit bitterem Lächeln an.

»Oder hast du Zweifel an unserer Arbeit?«, fragt Philip erstaunt.

Weil sie nicht antwortet, fährt er fort:

»Sieh mich an! Was wäre aus mir geworden? Denk an Diego Abrio. Wie wichtig du da warst!«

Das alles reicht nicht aus, um Helena zu beruhigen. Philip spürt und versteht es.

»Ich verlange nicht, dass du mir sofort eine Antwort gibst. Aber denk darüber nach, wenn es dir wieder besser geht. Wir können uns damit ruhig Zeit lassen. Ich bin immer für dich da.«

Helena nickt vage.

»Am besten fährst du jetzt in deine Wohnung. Ich habe Ryan gesagt, dass er dich begleiten soll. Ihr wart ein echt gutes Team.«

Helenas Verzweiflung wird durch das Lob nur noch stärker. Ohne sich zu verabschieden, verlässt sie den Raum.

Im Treppenhaus wartet Ryan auf sie, der nicht weiß, wie er sich verhalten soll. Gemeinsam gehen sie runter in die Tiefgarage, steigen ins Auto. Während der Fahrt wechseln sie kein Wort. Als sie vor Helenas Mietshaus angekommen sind, verabschiedet sie sich.

»Philip hat zu mir gesagt, dass ich dich bis in die Wohnung begleiten soll.«

Helena hat keine Kraft mehr für eine Auseinandersetzung. Ryan folgt ihr in die Eingangshalle. Gemeinsam fahren sie in den sechsten Stock hoch. Als Helena die Wohnungstür aufschließt, kapiert Ryan sofort, dass das Chaos nur von Einbrechern angerichtet worden sein kann.

»Hübsch hier! Du hast echt ein Händchen fürs Einrichten!«

Helena würde darauf gern grinsen oder sogar lachen. Aber sie hat dazu nicht mehr die Kraft. Fühlt sich vollkommen energielos.

»Ja, hab ich viel Mühe reingesteckt«, sagt sie.

»Willst du, dass ich dir beim Aufräumen helfe?«

»Nein, nicht jetzt. Später.«

»Okay«, antwortet Ryan und lässt sie allein.

Helena schließt die Tür hinter sich und bleibt eine Weile reglos im Flur stehen. Irgendwann geht sie ins Wohnzimmer, klaubt vom Boden ein Stück versteinertes Holz auf, das ihr Vater ihr einmal geschenkt hat, und legt es auf den Couchtisch. Die leere Schublade fällt ihr auf, in der sie ihre Krankenakte aufgehoben hatte. Warum hat sie nicht bemerkt, dass sie fehlt? Egal.

Das hätte auch nichts geändert. Sie bückt sich, hebt die Schublade auf, hat das Gefühl, dass das Gespenst, das sie dort lange Zeit eingeschlossen hat, jetzt in die Welt entschlüpft ist. Blickt um sich. In ihrer Wohnung herrscht dasselbe Chaos wie in ihrem Innern.

Wie soll sie es bloß schaffen, inmitten eines solchen Durcheinanders weiterzuleben? Alles, was ihr Leben ausmacht, auf dem Boden verstreut. Zerbrochen, zerrissen, kaputt. Nein, natürlich geht das nicht. Sie wird Ordnung schaffen. So etwas wie das hier hält kein normaler Mensch aus. Ein Plan muss her. Was in ihrer Wohnung unerträglich ist, geht erst recht nicht in ihrem Kopf. Ein solches Chaos passt nicht zu ihr. Sie wollte die Geschichte mit dem Inzest ein für alle Mal hinter sich lassen. Aber das hat nicht geklappt. Und jetzt?

Das mit der Wohnung kann sie aufschieben. Aber in Helenas Kopf arbeitet es. So leicht lässt sie sich nicht unterkriegen.

Tagebuch von Ryan Riss auf seinem Handy

H. überwachen. Keine Sekunde aus den Augen verlieren.
Was befürchtet P.? Dass sie die Suche allein fortsetzt? Sie war so fix
und fertig. Ich kann mir nicht vorstellen, dass sie jetzt noch mal
loszieht, um Jagd auf R. C. zu machen. Oder hat er Angst, dass sie
sich was antut? Dann weiß ich nicht, wie ich das verhindern
soll. Sie hat mich vor die Tür gesetzt, ist jetzt allein in der Wohnung.
Wollte nicht, dass ich bleibe.
Wahrscheinlich will P. bloß sein Gewissen beruhigen.
Ich wäre so gern für H. da. Der Zustand, in dem sie war, hat mir
nicht gefallen. Ich fühle mich hilflos und ohnmächtig.

20

Als Erstes räumt Helena eine Ecke in ihrem Wohnzimmer frei, indem sie alles, was sie stört, mit dem Fuß gegen die Wand schiebt. Sie macht das mit einer Distanziertheit, als wären ihr die Gegenstände im Raum vollkommen fremd. Als würde nichts davon zu ihr gehören. Was sie innerlich beschäftigt, ist etwas ganz anderes. Sie hebt einen Stuhl auf, stellt ihn an den Tisch. Geht dann in die Küche. Lässt den Blick an der Fototapete mit der aufgesprühten Schrift vorbeigleiten, ohne sich dadurch aufhalten zu lassen.

Sie füllt in der Maschine Kaffee nach, stellt eine große Tasse darunter. Braucht jetzt unbedingt einen Energieschub. Sucht auf dem Fußboden, entdeckt eine Packung Kekse. Schokolade. Perfekt. Zurück im Wohnzimmer schnappt sie sich irgendwo einen Stift, bückt sich nach einem heruntergefegten Stapel Papiere. Die Blätter sind alle geknickt, zerknittert, haben Schmutzflecken. So wie ich, denkt sie. Auf dem Tisch breitet sie nebeneinander so viele Blätter wie möglich aus. Sie wird ihre Gedanken ordnen. Auf das erste Blatt schreibt sie den Namen des entlassenen Täters. Darunter seine Gefährlichkeit, jedenfalls nach Einschätzung der Behörden. *1/10.* Notiert daneben: *Gefährlichkeit: 10/10 für die Opfer.* Auf das nächste Blatt schreibt sie den Vornamen von Magalys Tochter: *IRINA.* Notiert darunter: *SCHWER BESCHÄDIGT.* Das dritte Blatt ist für Philip. Zu seinem Namen fügt sie hinzu: *GERETTET.* Danach ist Diego Abrio an der Reihe. Unter seinen Namen macht sie ein großes Fragezeichen. Dann ist sie selbst dran. Sie schreibt ein großes *H* aufs Papier. Verspürt kein Bedürfnis, auch noch die restlichen Buchstaben ihres Vornamens hinzuzufügen. Als sie mit dem Stift ansetzen will, den Namen ihres Täters aufzuschreiben, beginnt ihre Hand zu zittern. Heftig und unkontrollierbar.

Du darfst es niemand sagen, Helena.
Sie würden es nicht verstehen.
Das bleibt unser Geheimnis.
Versprochen?

Helena dreht sich um, hat das Gefühl, tatsächlich seine Stimme gehört zu haben. Ihr Blick fällt wieder auf das aufgesprühte Wort an der Wand: KOMPLIZIN. Bitterer Gallensaft steigt in ihr hoch, brennt ihr in der Kehle. Sie verzieht angewidert das Gesicht. Trinkt einen Schluck Kaffee, um den widerlichen Geschmack loszuwerden. Auf in den Kampf, Helena! Sie muss besiegen, was sie so lange verdrängt hat. Helena schreibt ein wütendes großes *V* unter das *H* ihres Vornamens. Unterstreicht es zweimal. V wie Victory. Der Sieg muss jetzt auf meiner Seite sein. Nein, falsch. Der Sieg wird auf meiner Seite sein. Und die Schlacht hier werde ich auch gewinnen, denkt sie. Ich werde dieses Arschloch Richard Clarke kriegen!

Helena holt tief Luft und grinst die gegenüberliegende Wand an. Sie spürt, wie neue Energie durch ihren Körper strömt. Das ist ein gutes Gefühl.

Auf das Blatt mit dem Namen Richard Clarke macht sie noch weitere Notizen. Schreibt: *Schusswunde, ausgebrannter SUV, Flucht.* Zwischen diesen Tatsachen gibt es einen Zusammenhang, sie muss nur herausfinden, welchen. Hastig schreibt sie die Wörter noch einmal auf, diesmal chronologisch geordnet.

SUV, Flucht, Schusswunde, ausgebrannter SUV

Helena nimmt sich die Sachverhalte noch einmal nacheinander vor, versucht die Wörter zum Sprechen zu bringen. Da vibriert ihr Handy. Eine Textnachricht von Ryan.

Alles in Ordnung?

Helena denkt einen Moment nach. Schreibt:

Ja, danke, Maman.

Löscht *Maman*, bevor sie die Antwort abschickt.

Wenn du jemand zum Reden brauchst ...
Ruf mich an!

Danke. Ich geh jetzt ins Bett.
Wir telefonieren morgen.

Sie stellt ihr Handy aus, legt es weg und konzentriert sich wieder auf ihre Notizen.

SUV. Richard Clarke wird um vierzehn Uhr freigelassen. Um neunzehn Uhr werden seine Daten von einem zweihundert Kilometer entfernten Ort übermittelt. Davor hat er ein paar Stunden im Hotel verbracht. Den SUV hat Clarke nicht geklaut, er stammt auch von keiner Autovermietung. Philip hat das überprüft, neue Infos dazu hätte er ihr mitgeteilt. Nach seiner Freilassung muss Richard Clarke sich das Auto sofort besorgt haben ... Helena korrigiert sich: Wurde es ihm sofort zur Verfügung gestellt. Unter SUV schreibt sie auf das Blatt Papier: *Wem gehört das Auto?*

Dann konzentriert sie sich auf das nächste Wort: *Flucht*.

Man hat nicht einen wohldurchdachten Fluchtplan im Kopf, der zwei Tage lang gut funktioniert, und kehrt plötzlich wieder an den Ausgangspunkt zurück. Das ergibt keinen Sinn. Die einzige Erklärung dafür: Clarke sieht keinen anderen Ausweg. Die Verwundung.

Richard Clarke glaubte das perfekte Mittel gefunden zu haben, um sich seine Verfolger vom Hals zu halten: jeden Tag in einer anderen Stadt auftauchen und von dort seine Daten übermitteln lassen. Aber dann schießt Magalys Mann auf ihn. Er ist verwundet. Sein Plan ist hinfällig. Die Verletzung ist so schwer, dass er dringend Hilfe braucht. Deshalb kehrt er zurück, um sich an die Person zu wenden, die ihm schon am Anfang geholfen hat. Von ihr stammt das Auto. Das erklärt, warum er wieder zurück auf Start ist.

Bleibt der ausgebrannte SUV. Helena hat dafür zwei mögliche Erklärungen: 1. Clarke will kaschieren, wie schwer er verletzt ist. 2. Er will nicht, dass eine Spur zu der Person führt, die ihm den SUV zur Verfügung gestellt hat.

Helena lehnt sich zurück, verschränkt die Hände ineinander und streckt die Arme über den Kopf. Reckt und dehnt sich. Schaut gedankenverloren auf die gegenüberliegende Wand. Sie liebt es, im Einsatz zu sein. Spürt, wie sie alles wieder in den Griff bekommt. Sie beugt sich erneut über das Blatt und fügt zur Liste noch Wundversorgung dazu.

SUV, Flucht, Schusswunde,
ausgebrannter SUV, Wundversorgung

Unter das letzte Wort schreibt sie: *Durch wen?* Dann greift sie nach einem roten Stift und verbindet die beiden Fragen miteinander. Wer hat das beide Male getan?

Sie reißt die Packung Kekse auf, isst so lange, bis die Packung leer ist.

Wer hat das beide Male getan?, wiederholt sie dabei innerlich unablässig. Das Gespräch mit Ryan vor drei Tagen fällt ihr ein, im Büro der PFR, während sie auf die Übermittlung der ersten Daten von Clarke nach seiner Entlassung warteten. Sie unterhielten sich über Clarkes persönliches Umfeld, über alles, was dazu in Clarkes Akte steht, die Helena bestens kennt. Sie schließt die Augen. Ruft noch einmal alle Informationen zu dem Fall auf. Auch die Aussagen der Opfer, die ihre eigenen Missbrauchserlebnisse wach werden lassen. Das Gesicht ihres Täters legt sich über das von Richard Clarke, sie beginnt in ihre eigene Vergangenheit abzutauchen … Ein Gedanke lässt sie abrupt in die Gegenwart zurückkehren: Und was, wenn Clarke an seine alten Untaten anknüpft?

Richard Clarke ist nicht mehr auf der Flucht. Er richtet sich wieder in einem Bau ein, den er sehr gut kennt. Dort nimmt er sich, was ihm seiner Meinung nach zusteht. Fällt in seine alten Gewohnheiten zurück …

Ein Gefühl großer Dringlichkeit befällt Helena, als sie sich an ein bestimmtes Detail in der Akte zu erinnern glaubt; sich bald sicher ist. Sie steht auf, zieht eine Jacke über und verlässt hastig die Wohnung. Die Lichter lässt sie in der Eile brennen.

Telefongespräch zwischen Philip und Ryan

Philip: Gibt's was Neues?

Ryan: Nein, nichts. Ich hab ihr eben noch mal eine Nachricht geschickt und gefragt, wie es ihr geht. Sie hat mir geantwortet, dass sie früh ins Bett will. Erst mal ausschlafen.

Philip: Okay. Das Beste, was sie tun kann.

Ryan: Aber bei ihr ist immer noch Licht.

Philip: Vielleicht ist sie ja auf dem Sofa eingeschlafen.

Ryan: Ja, kann gut sein. Wir haben ausgemacht, dass wir morgen früh telefonieren.

Philip: Perfekt. Bleib in Kontakt mit ihr. Ruf mich danach an und sag mir, welchen Eindruck du von ihr hast.

Ryan: Okay.

Philip: Bleib noch eine Weile vor Ort. Geh dann nach Hause. Du brauchst auch etwas Schlaf.

21

Helena ist nicht durch den Vorderausgang auf die Straße gegangen, sondern hat lieber die Hintertür genommen. Eine alte Gewohnheit von ihr, wenn sie abends die Wohnung verlässt. Dadurch vermeidet sie das komplizenhafte Augenzwinkern des Concierge, der sich wer weiß was ausmalt. Die frische Luft tut ihr gut. Sie blickt zum Himmel. Es ist eine klare Nacht und die Sterne funkeln. Helena liebt den Anblick des Sternenhimmels. Seine unendliche Weite ruft ihr in Erinnerung, dass sie selbst nur ein winziges Nichts ist. Das hilft ihr dabei, ihre eigenen Probleme nicht allzu wichtig zu nehmen. Aber heute Abend hat sie keine Zeit für solche Betrachtungen und philosophischen Überlegungen. Hastig geht sie zu ihrem Auto, steigt ein und fährt los. Wenn sie sich richtig erinnert, wohnt Clarkes Tochter in einem der besseren Wohnviertel in den Hügeln am Rand der Stadt.

Um diese Uhrzeit ist auf den Straßen nicht viel los. In wenigen Minuten hat sie das Stadtzentrum durchquert, ist schnell am äußeren Stadtring angelangt. Natürlich kann sich die Fährte auch als falsch erweisen. Trotzdem. Ihr Gespür sagt ihr, dass sie richtigliegt. Richard Clarkes Tochter ist Krankenschwester. Warum hat sie daran bloß nicht früher gedacht?

Helena biegt in eine Straße ein, die zwischen zwei Reihen von Alleebäumen hügelaufwärts führt. Nach zwei Haarnadelkurven erreicht sie das Villenviertel, das sich am Hügelrücken entlangzieht. Die Häuser dort sind groß und eindrucksvoll; die hohen Hecken, die sie vor fremden Blicken schützen, ebenfalls. Alles liegt still und menschenleer da. Nur eine Hundebesitzerin ist unterwegs, das Gesicht übers Handy gebeugt. Als Helena an ihr vorbeifährt, blickt sie nicht einmal auf.

Helena fährt an der Hausnummer acht vorüber, parkt ein Stück weiter am Straßenrand, geht zu Fuß zurück. Hinter dem hohen Zaun wirkt alles ruhig. Sie mustert das Haus. Keines der Fenster ist erleuchtet. Helena zögert einen Moment, späht nach rechts und nach links, klettert den Zaun hoch und lässt sich auf der anderen Seite sanft ins Gras fallen. Sie bleibt geduckt. Lauscht. Wenn es einen Hund gäbe, hätte er jetzt gebellt. Am Ende des Gartens befindet sich zwischen zwei Palmen ein Pool. Auf der anderen Seite entdeckt sie einen Schuppen, daneben eine Garage. Sie schleicht näher. Verschlossen. Vorsichtig umrundet sie das Haus. Was könnte ihr verraten, dass Richard Clarke sich dort aufhält? Nichts. Sie müsste in das Haus reinkommen und dort nach ihm suchen. Aber das ist unmöglich. Sich hier im Garten verstecken und warten, bis er rauskommt? Ebenfalls unmöglich. In einem so ruhigen Villenviertel ist bestimmt schon jemand aufgefallen, dass sie ihr Auto an der Straße geparkt hat. Wenn sie stundenlang hier im Garten Richard Clarke auflauern würde, könnte sie sicher sein, von der Polizei aufgestöbert zu werden. Irgendein Anwohner würde das parkende Auto sicherlich melden.

Sie steht jetzt vor dem Hauseingang. Legt das Ohr an die Tür. Drinnen kein Laut. Helena muss sich eingestehen, dass sie an diesem Abend nicht mehr erfahren wird, ob sie mit ihrer Vermutung recht hat. Enttäuscht kehrt sie zu ihrem Auto zurück. Beschließt, den nächtlichen Ausflug zu beenden. Vielleicht hat sie sich auch verrannt. Einmal mehr fragt sie sich, was sie eigentlich antreibt. Im Grunde ihres Herzens weiß sie es. Aber sie ist noch nicht bereit, sich ihrem eigenen Gespenst zu stellen.

Bei der Vorstellung, wieder allein in ihrer Wohnung zu sein, befällt sie Angst. Nicht die Angst davor, dass die Lynchjäger zurückkommen könnten. Sondern die Angst vor ihren eigenen Albträumen.

Als Helena in ihrem Mietshaus den Aufzug betritt, beschließt sie, dass sie in der Nacht nicht schlafen wird. Kein Schlaf, keine Albträume. Sie weigert sich, ein Opfer zu sein. Eine Beute ihres Täters. Sie will das nicht mehr erleben müssen. Auch nicht in ihren Träumen. Niemals mehr. In der Wohnung angekommen, macht sie sich einen Kaffee. Eine Riesentasse. Sie geht ins Wohnzimmer. Zieht auf dem Fußboden zwischen dem herausgezerrten Inhalt der Schrankschubladen ihr Fotoalbum hervor, verbindet ihr Handy mit der Lautsprecherbox. Wählt einen Sender mit Elektropop, den sie ziemlich leise einstellt, sie will ihn nur als sanfte Hintergrundmusik. Noch die Kissen auf die Couch geschmissen, dann kann sie sich niederlassen.

Es ist das Fotoalbum ihrer Mutter. Nach dem Tod von Helenas Vater wollte sie es nicht behalten. Sagte, es sei für sie zu schmerzhaft, das Album durchzublättern; sie ziehe ihre Erinnerungen vor, die weder starr noch stumm seien. Sie schenkte es Helena.

Helena schlägt aufs Geratewohl eine Seite auf, klappt das Album sofort wieder zu. Dort ist er. Schaut sie an. Seine Augen üben auf sie immer noch dieselbe Macht aus. Die Macht, die ihr das Schweigen auferlegt hat. Helena rollt sich wie eine Katze ein. Sie weiß, er kann nicht mehr zu ihr kommen. Sie ist nicht mehr in Gefahr. Aber diese Sätze, die sie sich unablässig wiederholt, haben keine Wirkung. Das Trauma sitzt bei ihr viel zu tief. Ist noch so lebendig, dass sie das Gefühl hat, es wäre erst gestern geschehen und könnte gleich morgen wieder passieren. Die Berührung seiner Hände, seine Finger, die ihren Körper überall betasten, in ihn eindringen, sein warmer Atem. Ihr Körper ist davon immer noch gezeichnet, wie mit einer Wunde, die nicht vernarbt. Ihre Seele auch. Ihre Sinne können seinen Geruch, seine Wärme, das Gewicht seines Körpers nicht vergessen, die Wörter nicht vergessen, die sie quälen und auf sie einhämmern, den Tabakgeruch, der ihn umhüllt hat.

Wie kann sie das alles endlich für immer auslöschen?

Wie kann sie es endlich hinter sich lassen? Ein neues Leben anfangen?

Wenn sie jetzt von Richard Clarke ablässt, das weiß Helena, wird es sich für sie wie eine weitere Flucht vor dem Feind anfühlen, einen weiteren Rückzug ins Schweigen, von dem sie sich nicht mehr erholen wird. Philip wird sich nie auf ihre Argumente einlassen. Deshalb muss sie auf eigene Faust weitermachen. Aber nicht jetzt. Morgen.

Hier und jetzt ist ihr Kampf ein anderer. Sie sammelt ihre ganze Kraft und schlägt das Album an einer anderen Stelle auf. Auf den Fotos sind ihre Eltern als Brautpaar vor dem Standesamt zu sehen. Ihr Vater wirft ihrer Mutter verliebte Blicke zu. Ihre Mutter wirkt so glücklich, wie man nur sein kann. Ihre

Augen strahlen vor Glück. Sie blickt nicht in die Kamera, sondern zu jemand, der danebensteht. Ihre Eltern? Ihre Schwester? Eine Freundin? Ihre Mutter sieht aus, als würde sie allen erzählen wollen, wie glücklich sie ist. Mit allen diesen magischen Moment teilen wollen. Helena betrachtet ihre Mutter lange. Wie schön sie auf diesen Fotos ist. Auf der nächsten Seite des Albums ist sie schwanger. Hat eine Hand auf ihren Babybauch gelegt. Sie strahlt immer noch vor Glück. Helena blättert weiter, hält immer wieder bei den Fotos inne, auf denen ihre Mutter zu sehen ist. Wann hat sich der Ausdruck in ihren Augen verändert? Wann wurde ihr Blick ernst und schwer? Helena würde gern auf den Fotos entdecken, wann sie begriffen hat. War es lange nach ihrem zehnten Geburtstag?

Auf dem Foto von Helenas zwölftem Geburtstag lächelt ihre Mutter immer noch, aber ihre Augen blicken traurig. Helena blättert zurück. Auf den übrigen Fotos kann sie ihrer Mutter nicht in die Augen schauen. Sie ist darauf von hinten zu sehen, in Dreiviertelansicht oder im Profil, und wenn es mal von vorn ist, dann hat sie entweder gerade die Lider geschlossen oder sie blickt nach unten ... als wolle sie sich ungern der Kamera ausliefern.

Aus dem Fotoalbum wird sie nicht mehr erfahren, das wird Helena klar. Sie blättert zu der Seite zurück, auf der sie soeben *sein* Foto vor Furcht hat zittern lassen. Diesmal hält sie seinem Blick stand. Ohne zu blinzeln oder wegzusehen. Sie hätte gern, dass er verlegen zur Seite guckt. Aber er starrt sie weiter mit trotziger Überheblichkeit an. Helena legt das Album auf den Tisch, löst das Foto ab und steht auf. In der Küche zieht sie eine Schublade auf, greift nach dem Feuerzeug. Die Flamme umzüngelt den Rand des Fotos. Die Hitze bewirkt, dass sich auf der Oberfläche unzählige kleine Blasen bilden, die das Gesicht zerfressen, bevor die Flamme es endgültig verschlingt. Kurz bevor sie sich die Fingerspitzen verbrennt, lässt Helena das Foto los und sieht dabei zu, wie im Spülbecken auch noch der letzte Rest verkohlt. Kehr nie mehr zurück! Niemals!

Sie hören Radio Plus, den Sender, mit dem Sie die neuesten Nachrichten miterleben können, als wären Sie vor Ort!

Die Schlinge um Richard Clarke zieht sich weiter zu und in der ganzen Stadt steigt die Spannung. Heute Abend werden alle die Augen auf ihre Uhren oder Smartphones geheftet haben. Punkt neunzehn Uhr wird der neue Standort des entlassenen Straftäters übermittelt. Angesichts der großen Anzahl von Personen, die an der Jagd auf ihn teilnehmen, scheint es diesmal unwahrscheinlich, dass er ein weiteres Mal entkommt. Doch gibt es auch viele, die davon träumen, ihn bereits vorher aufzuspüren. Wer Clarke zu fassen kriegt, verdient sich großen Respekt innerhalb der Lynchjäger-Gemeinde und darf auf ein großes Medienecho hoffen. Jeder versucht sein Glück. Gruppen von Frauen und Männern patrouillieren durch die Straßen. Die Eingangshallen großer Mietshäuser, ihre Flure und Treppenhäuser werden durchsucht. Parks und Brachflächen werden wie bei einer Treibjagd durchkämmt. Eine Frage brennt allen auf den Lippen: Wo kann dieser Mann sich versteckt haben?

Bleiben Sie dran, dann können Sie nichts von diesen spannenden Ereignissen verpassen! Hören Sie Radio Plus, den Sender, mit dem Sie die neuesten Nachrichten miterleben können, als wären Sie vor Ort!

22

Das Klingeln weckt Helena auf. Irgendwann muss sie also doch eingeschlafen sein. Sie braucht ein paar Sekunden, bis sie zu sich kommt. Um zu begreifen, was um sie herum los ist und wo sie sich befindet. Das Chaos in ihrer Wohnung. Ihre Nacht auf der Couch. Vor ihr auf dem Boden die Edelstahlschüssel, in der sie bis in den frühen Morgen Fotos verbrannt hat. Alle Fotos, auf denen er zu sehen war. Das Monster. Alle Spuren auslöschen. Ihn gänzlich aus ihrem Leben streichen. Seine Existenz leugnen. Aber das hat nicht gereicht, denn in ihrem Albtraum war er soeben noch bei ihr, hat ihr seine Sätze ins Ohr geflüstert.

Als es wieder klingelt, steht sie auf, fährt sich über die Stirn, streicht die Haare zurück. Auf dem kleinen Bildschirm neben der Tür blickt ihr Ryan entgegen.

»Zeit für Kaffee und Croissants«, sagt er und streckt ihr eine Papiertüte entgegen.

Erst da blickt Helena auf die Uhr, erschrickt, weil es schon so spät ist, flucht innerlich. Sie muss Ryan nach dem Frühstück möglichst schnell loswerden. Ihre Wohnung kann jetzt erst einmal warten. Sie hat Wichtigeres vor.

Nachdem sie den Knopf gedrückt hat, um Ryan drunten reinzulassen, verschwindet sie hastig ins Bad, um sich kaltes Wasser ins Gesicht zu spritzen.

»Hast du etwas schlafen können?«, fragt Ryan, kaum dass er durch die Tür ist.

»Mehr oder weniger. Ich hab mich nach deiner letzten Nachricht gleich hingelegt. Hatte keine Kraft mehr, um hier noch umzudekorieren. Wäre ja auch schade gewesen, das perfekte Bild gleich wieder zu zerstören ...«

Ryan geht nicht darauf ein.

»Ich bin um zwei Uhr auf der Straße noch mal vorbei. Da war bei dir immer noch Licht.«

Helena ist nicht bereit, ihm ihre nächtlichen Unternehmungen zu gestehen. Oder ihn einzuweihen. In so einem Fall, das hat sie gelernt, muss man die Aufmerksamkeit des Gegenübers sofort umlenken, am besten auf etwas, das mit starken Gefühlen verbunden ist.

»Bestimmt hast du auch die Aufzeichnungen meines Therapeuten gelesen oder Philip hat dir davon erzählt. Dann weißt du, dass ich in meiner Kindheit missbraucht worden bin und dieses Trauma mich immer noch belastet. Nachts ein Licht brennen zu lassen, hilft mir, die Albträume fernzuhalten. Wie war das denn in deiner Kindheit? Haben deine Eltern in deinem Zimmer auch eine Lampe angeknipst, damit du besser schlafen konntest?«

Ryan lächelt.

»Ähm ... ja ... bei mir war es ein blauer Leuchtbär.«

Helena stellt Ryan einen großen Kaffee hin und zwingt sich, eines der Croissants zu essen, die er mitgebracht hat. Seinen Kindheitsgeschichten hört sie nur mit halbem Ohr zu und beschließt nach zwanzig Minuten, dass es Zeit ist, das Gespräch zu beenden.

»Meine Mutter kommt gleich vorbei«, meint sie entschuldigend. »Sie macht sich Sorgen um mich.«

Sie hat das Gefühl, dass er ihr nicht glaubt, aber egal.

»Damit ist sie nicht allein«, antwortet Ryan.

»Danke. Wenn es dich beruhigt, kann ich dir jede Stunde eine Textnachricht schicken.«

»Abgemacht!«, sagt er. »Sollte sie nicht pünktlich da sein, rufe ich sofort die Polizei.«

Helena beugt sich vor.

»Es geht mir gut, Ryan. Mach dir nicht zu viele Gedanken. Ich hab schon ganz andere Sachen durchgestanden. Ein paar Tage Erholung, dann ist bei mir wieder alles okay.«

»Wenn du irgendwas brauchst ...«

»... kann ich dich jederzeit anrufen, ich weiß.«

»Ja«, bekräftigt er. »Du kannst wirklich auf mich zählen.«

Als Ryan endlich weg ist, zieht Helena sich hastig um. Vorher noch mal duschen würde zu viel Zeit kosten. Ein kurzer Blick in den Spiegel. Ihr Gesicht ist leichenblass. Durch Schminken versucht sie zu retten, was zu retten ist. Wenn sie anderen Angst einjagt, hilft das nicht weiter.

Eine Sekunde später ist sie aus der Wohnung. Als sie aus dem Haus tritt, fegen ihr Windböen schwere Regentropfen ins Gesicht. Sie rennt zum Auto, muss dabei mehrmals über große Pfützen springen, ist nach wenigen Metern klatschnass.

Beim Ausparken fährt sie fast einen Jogger um. Die Autoscheiben sind innen so stark beschlagen, dass sie ihn nicht bemerkt hat. Mit einem Handzeichen bittet sie um Entschuldigung, biegt dann erneut in Richtung des Villenviertels am Hügel ab. Einen klaren Plan hat sie nicht im Kopf, aber sie weiß, dass sie nur dort weiterkommt.

Diesmal braucht sie zwanzig Minuten, bis sie das Viertel erreicht. Als sie sich ihrem Ziel, dem Haus von Clarkes Tochter, nähert, bemerkt sie, dass dort ein Auto im Rückwärtsgang auf die Straße fährt. Die Frau am Steuer muss die Tochter sein. Helena gibt Gas, sie will unbedingt einen Blick auf die Rückbank werfen, ob sich dort jemand auf dem Sitz geduckt hat, um nicht gesehen zu werden. Sie bremst ab, kann nichts erkennen und zögert. Soll sie dem Auto folgen, falls Clarke sich im Kofferraum versteckt? Oder soll sie warten, bis die Tochter weggefahren ist, um dann das Haus zu durchsuchen?

Die Entscheidung wird ihr abgenommen, als die Fahrerin Helenas Auto nicht bemerkt und weiter im Rückwärtsgang auf die Straße einbiegt. Der Zusammenstoß ist nicht heftig, es genügt aber, um beide Frauen anhalten zu lassen.

»Tut mir leid«, sagt die Frau, die wahrscheinlich Clarkes Tochter ist, als sie aussteigt. »Bei dem Regen habe ich Sie nicht gesehen.«

Helena steigt ebenfalls aus. Beide begutachten die leicht eingedellte Stelle an der Beifahrertür.

»Wir müssen ein Unfallprotokoll aufnehmen«, sagt Helena.

Die Frau, die wahrscheinlich Clarkes Tochter ist, fährt sich erschrocken mit der Hand vor den Mund. Blinzelt nervös. Mustert Helena. Wartet offensichtlich darauf, dass Helena sie beschimpft und mit Vorwürfen überhäuft. Nichts geschieht. Verblüfft und erleichtert nennt sie ihren Namen.

»Mein Name Ann Ludish. Ich bin selbstverständlich versichert. Sie bekommen alle Kosten erstattet. Ich werde sofort ...«

Weil Helena nicht reagiert, bricht sie mitten im Satz ab. Ein paar Sekunden lang schauen die beiden jungen Frauen sich schweigend an.

»Sie sind die Tochter von Richard Clarke?!«

Ann Ludish wirft einen Blick zum Haus. Ihre Unterlippe beginnt zu zittern. Das nervöse Blinzeln hat aufgehört.

»Ist er bei Ihnen?«, fragt Helena.

»Nein, nein, hier ist er nicht«, sagt Clarkes Tochter und weicht einen Schritt zurück. Blickt suchend umher. Die Straße liegt leer und verlassen da. Helenas Auto versperrt ihr den Weg.

Helena weiß, dass von den nächsten Sätzen, die sie sagt, fast alles abhängt. Sie geht aufs Ganze. Pokert. Hat keine andere Wahl.

»Aber Sie wissen, wo er ist.«

Ann Ludish scheint Angst zu bekommen. Steht wie erstarrt da. Tränen schießen ihr in die Augen.

»Ich tue Ihnen nichts«, sagt Helena. Sie will nicht, dass die Situation entgleist. »Ich gehöre nicht zu den Lynchjägern.«

Richard Clarkes Tochter starrt sie an.

»Was wollen Sie? Wer sind Sie?«

Helena antwortet darauf nicht. Denn die Antworten würden nur zu neuen Fragen führen.

»Er hat Kontakt zu Ihnen aufgenommen und Sie haben ihm zur Flucht verholfen. So war es doch, oder?«

Der Regen wird stärker. Auf Ann Ludishs Wangen vermischen sich die Tränen mit den Regentropfen. Oder auch umgekehrt.

»Er hat mich gebeten, ihm zu helfen. Nur ein einziges Mal. Er hat mir versprochen, dass er danach für immer aus meinem Leben verschwinden würde. Ich habe ihm geglaubt und ihm ein Auto besorgt, damit er den Lynchjägern entkommen konnte.« Sie schaut Helena an. »Er ist mein Vater«, sagt sie fast entschuldigend. »Ich fühlte mich verpflichtet, ihm zu helfen.«

»Ich mache Ihnen keine Vorwürfe.«

Wieder wirkt Ann Ludish erstaunt über Helenas Ruhe.

»Aber dann stand er wieder vor Ihrer Tür ...«

»So war es nicht abgemacht gewesen«, verteidigt sich Ann Ludish. »Er hatte mir geschworen, aus meinem Leben zu verschwinden. Für immer. Nur unter dieser Bedingung hatte ich mich bereit erklärt, ihm zu helfen.«

»Aber dann war er wieder da ...«, beharrt Helena.

Ann Ludish senkt den Kopf. Seufzt. Hebt ihn wieder.

»Ich bin Krankenschwester«, sagt sie. »Jemandem, der verletzt ist, kann ich Hilfe nicht verweigern. Ich habe ihm nicht geholfen, weil er mein Vater ist, sondern weil er verwundet war. Das hätte ich in dieser Situation für jeden getan. Mein Berufsethos will es, dass ich kranke Menschen pflege, egal welchen Alters, welchen Geschlechts, welcher Hautfarbe oder Religion. Egal welche Vergangenheit sie haben. Kranke pflegen. Heilen. Das allein zählt.«

»Lieben Sie ihn?«

Sie starrt Helena entgeistert an, als hätte sie die Frage nicht verstanden.

»Ich ... ähm ... keine Ahnung ... ich glaub nicht mehr ... Er hat uns die ganzen Jahre über was vorgelogen. Hat den Familienvater gespielt und gleichzeitig Schülerinnen sexuell missbraucht. In einer dunklen Parallelwelt gelebt. Was da zerbrochen ist, lässt sich nicht mehr heilen. Trotzdem ist er mein Vater. Ich konnte nicht Nein sagen, als er mich um Hilfe gebeten hat. Ich hasse mich dafür, dass ich nicht Nein sagen konnte. Mir wäre lieber, er wäre tot. Er hätte sich umbringen sollen ...«

Sie schluchzt auf, fasst sich gleich danach wieder.

»Was rede ich da. Ich bin total durcheinander. Ich habe ihn gebeten zu verschwinden, und er hat mir versprochen, dass er morgen fort ist.«

»Wohin will er gehen?«

»Weiß ich nicht. Es kümmert mich auch nicht. Ist nicht mehr mein Problem. Ich habe meinem Vater geholfen, wie ich auch jedem anderen Verletzten geholfen hätte. Ich schulde ihm nichts mehr. Ich will nur noch nach vorne schauen. Mein eigenes Leben leben.«

»Wenn Sie einen Wunsch frei hätten, was würden Sie sich dann wünschen?«

Ann Ludish bekommt große, runde Augen.

»Ich würde mir wünschen, er hätte niemals gelebt!«

Tagebuch von Ryan Riss auf seinem Handy

????

Das fasst am besten zusammen, was in meinem Kopf gerade los ist. H. hat mich angelogen. Sie hat nicht geschlafen, wie sie behauptet hat. Das weiß ich, weil ich drunten vor dem Haus gestanden bin und nicht nur bei ihr im Wohnzimmer Licht gesehen habe, sondern auch ihren Schatten, der sich hinter dem Fenster bewegt hat. H. hat mich angelogen. Vielleicht hatte sie keine Lust, mir ihre nächtlichen Grübeleien anzuvertrauen.

Aber sie hat mich danach noch mal angelogen. Als sie behauptet hat, ihre Mutter würde gleich vorbeikommen. Da wollte sie mich bloß loswerden. Natürlich verstehe ich, dass sie allein sein will. Ich bin auch lieber allein, wenn es mir so richtig dreckig geht. Aber H. hat kurz darauf die Wohnung verlassen, ist ins Auto gestiegen und blitzschnell losgedüst. Sie hat dabei fast einen Jogger umgefahren.

H. hat mich angelogen. Sie versteckt etwas vor mir.

Was soll ich jetzt P. sagen?

????

23

Helena ist total erschöpft. Ihre Tränen vermischen sich mit Anns Tränen. Und auch mit den Tränen Irinas und ihrer Mutter. Tränen voller Schmerz und Hass. Sie würde gern in ihre Kindheit zurückreisen, der kleinen Helena begegnen, ihr sagen, dass sie ihre Wunde in sich trägt und immer in sich tragen wird. Wie ein Ehrenzeichen, zu ihrem Andenken. Denn von wem redet man bei sexuellem Missbrauch am meisten? Vom Täter. Vom Aggressor. Von dem, der von sich glaubt, über dem Gesetz zu stehen. Der sein Begehren für wichtiger hält als die Unschuld eines Kindes. Der in einem kleinen Mädchen oder einem kleinen Jungen nur ein Lustobjekt sieht. Ein Objekt, das er nach Belieben missbrauchen kann. Und das er zugleich zum Schweigen zwingt. Ein schweigendes Nichts.

Ein schweigendes Nichts. Helena lacht bitter auf. Schweigen und Stille herrschen in ihr nicht. Ihr Schmerz brüllt. Ihre Wut rast und tobt. Die Selbstvorwürfe, dass sie es nicht fertiggebracht hat, Nein zu sagen, hallen mit gewaltigem, bösem Echo in ihr wider.

Es gibt kein Schweigen. Darf kein Schweigen geben. Die einzigen Momente der Stille, denkt Helena, waren die Momente, wenn er in ihr Zimmer kam, darum bemüht, so wenig Lärm wie möglich zu machen. Und danach das äußere Schweigen, zu dem er sie verurteilt hat. Bis jetzt.

Seit über einer Stunde marschiert sie schon durch den Regen. Ist nass bis auf die Haut, aber das kümmert sie nicht. Vielleicht wäscht der Regen alles von ihr ab?

Als zwischen den Wolken die Sonne hervorblinzelt, hofft sie einen Moment, dass der schüchterne Sonnenstrahl sie vielleicht besänftigt. Aber das ist nicht der Fall. Sie ist dafür viel zu aufgewühlt. Fühlt sich, als wäre sie bisher wie eine Schlafwandlerin durch ihr Leben gegangen. Auf einem aufgespannten dünnen Seil. Und jetzt ist ein Sturm aufgezogen, der sie in die Tiefe reißt. Nichts kann sie mehr halten. Das Gewicht all dessen, was sie seit ihrem zehnten Geburtstag mit sich herumschleppt, reißt sie in die Tiefe. Helena beginnt zu zittern. Ihre Hände. Ihre Beine. Ihre Lippen. Alles an ihr. Sie schwankt. Gleich wird sie fallen.

Mit zitternden Fingern zieht sie ihr Handy heraus und ruft Philip an, der sofort drangeht.

»Helena?«

Seine Stimme ist für sie wie eine ausgestreckte Hand, nach der sie greifen kann. Sofort fühlt sie sich ruhiger.

»Ja. Philip, ich …«

»Ich wollte dich gerade anrufen!«

Die Andeutung eines Lächelns umspielt Helenas Lippen. Kaum wahrnehmbar. Ein erstauntes, erleichtertes Lächeln. Es ist also doch möglich, aus einem so aufgewühlten inneren Zustand wieder herauszufinden! Warum hat sie ihn nicht schon früher angerufen? Mit ihm geredet? Sich ihm anvertraut? Philip wird ihr jetzt die Worte sagen, die ihr helfen, wieder Boden unter den Füßen zu bekommen. Wieder ihr normales Denken einzuschalten, innerlich ins Gleichgewicht zu kommen.

Auch wegen dieses Zufalls muss Helena lächeln. Der unwahrscheinlichen Gleichzeitigkeit ihrer Anrufe. Als ob da eine tiefere innere Beziehung wäre. Als ob er spüren würde, dass es ihr nicht gut geht. Sogar über die Entfernung hinweg. Helenas Lächeln ist plötzlich offener, freier, gelöster. Sie überlegt, was sie ihm sagen soll. Vielleicht einfach nur, dass sie ihn sehen muss. Jetzt. Sofort. Aber Philip ist schneller als sie. Sie öffnet kaum den Mund, da spricht er bereits.

»Es geht um Diego Abrio. Er hat versucht auszubrechen.«

Der Schock ist brutal. Wie mit dem Auto bei voller Geschwindigkeit gegen eine Mauer zu prallen. Helena fasst sich benommen an den Kopf. Philip fährt fort:

»Alles ist schon wieder geregelt, ich wollte es dir nur kurz sagen. Das heißt nicht, dass du das gestern irgendwie hättest ahnen können. Du hast ausgezeichnete Arbeit gemacht. Wir reden noch darüber. Ich muss jetzt los.«

Er legt auf. Helena steht noch eine Weile wie erstarrt da. Hält das Handy weiterhin ans Ohr. Sie fühlt sich innerlich total leer. Auf sich selbst zurückgeworfen. Einsam. Allein mit den Schreien und Klagerufen, die sie martern und zerfressen.

Ihr wäre es auch am liebsten gewesen, wenn Richard Clarke sich umgebracht hätte. Das wäre für alle Beteiligten so viel einfacher gewesen. Vor allem aber für sie.

Sie muss jetzt eine Entscheidung treffen. Einsam. Ganz auf sich gestellt.

Wenn Diego Abrio versucht hat auszubrechen, wird Richard

Clarke es später vielleicht auch versuchen. Und selbst wenn nicht – wird die Behandlung bei ihm erfolgreich sein? Was, wenn nicht? Wie wird er sich verhalten, wenn er nach der Haft wieder in Freiheit kommt? Wird er wieder zum Triebtäter werden? Wird es neue Opfer geben? Dieser Gedanke lässt Helena nicht los. Quält sie. Zieht sie nach unten. Und diesmal stolpert sie, stürzt haltlos in die Tiefe. Sie überfliegt die Liste der Anrufe, die sie in den vergangenen Tagen erhalten hat, findet schließlich, wonach sie gesucht hat, drückt auf Rückruf. Nach fünfmal klingeln landet sie auf der Sprachbox, wartet das Ende des Textes ab und sagt dann:

»Magaly, rufen Sie mich an! Ich muss mit Ihnen reden.«

Telefongespräch zwischen Philip und Ryan

Philip: Gibt's was Neues?

Ryan: Nein, nichts. Ich bin heute Morgen bei ihr vorbei. Sie hat mir erzählt, dass sie die ganze Nacht geschlafen hat. Aber das nehme ich ihr nicht ab.

Philip: Ist gerade nicht leicht für sie.

Ryan: Ja ...

Philip: Ich hab ihr von Diego Abrios Ausbruchsversuch erzählt.

Ryan: Wie hat sie es aufgenommen?

Philip: Ohne wahrnehmbare Reaktion. Wenn dir irgendwas auffällt, rufst du mich sofort an. Versprochen?

Ryan: Ja, na klar. Okay.

24

Der Regen hat aufgehört. Die Sonne wagt sich zögerlich hervor und lässt ihr Licht über die Häuser wandern. Die warmen Strahlen tun Helena gut. Sie ist immer noch durchnässt und durchgefroren. Im Kopf geht sie jedes Detail noch einmal durch, einzeln und nacheinander, peinlich genau, wieder und wieder. Eine zweite Chance wird es nicht geben. Alles wird sich innerhalb weniger Sekunden abspielen. Drei. Fünf. Zehn. Egal. Die Zeit ist weder eine Verbündete noch eine Feindin. Schon seit Langem versucht Helena nicht mehr, die Zeit zu messen. Denn für sie ist sie am Abend ihres zehnten Geburtstags stehen geblieben.

Sie hat so Stellung bezogen, dass sie alles, was auf der Straße passiert, gut beobachten kann. Im Augenblick ist dort alles ruhig. In der Ferne hört sie das Knattern eines Motorrollers, an dessen Auspuff rumgebastelt wurde. Ein Geräusch, das schmutzig in die umgebende Stille einfällt. Um diese Zeit ist in dem Viertel niemand auf der Straße unterwegs. Diejenigen, die arbeiten, sind in den Banken, Büros oder Kanzleien. Die anderen sind zu Hause oder machen Einkäufe. Es wird erst wieder lebendiger werden, wenn die Kinder von der Schule abgeholt werden müssen.

Die Operation war leicht einzufädeln gewesen. Clarkes Tochter hatte dafür genug Informationen preisgegeben. Und Magaly ... Helena weiß, wie überrascht sie war, als sie ihr einige Stunden zuvor die Nachricht auf der Sprachbox hinterlassen hat. Überraschung, gemischt mit tiefem Misstrauen. Natürlich war Magaly bei ihrem Rückruf nicht allein gewesen, die Anwesenheit ihres Mannes war deutlich spürbar, direkt neben ihr, aufmerksam lauschend, damit ihm kein Wort des Gesprächs entging.

Magaly war nicht gleich bereit, Helena zu treffen. Schließlich vereinbarten sie zwei Stunden später ein Treffen auf dem Parkplatz eines Supermarkts. Magaly blieb auch dort misstrauisch, traute keinem Wort, das Helena sagte. Ihr Gesicht war blass. Angespannt. Später stieß ihr Mann zu ihnen. Zu dritt redeten sie sehr lange miteinander. Nur so konnte das Misstrauen schwinden und ein neues Vertrauensverhältnis zwischen ihnen entstehen.

Zuerst erzählten Magaly und ihr Mann noch einmal von Irina, dann gab Helena sich einen Ruck. Ihre Stimme zitterte und die Sätze kamen ihr nur zögerlich über die Lippen. Jedes einzelne Wort raute ihr die Kehle auf, als hätte sie Glaswolle geschluckt. Das erste Mal seit Langem sprach sie aus, was geschehen war. Ihre Stimme klang für sie dabei so fremd, als würde nicht sie selbst, sondern eine andere Person sprechen. Sie nannte keine Details, sagte nicht, wer der Täter war. Sie beschrieb nicht, was er wirklich mit ihr gemacht hatte. Sie schilderte nicht, was sie damals empfunden hatte oder heute immer noch empfand. Schilderte nicht ihren Schmerz. Was sie sagte, war im Wesentlichen nur: Ich auch. Magaly und ihr Mann begriffen sofort. Hoben beide den Kopf und schauten Helena an. Dann nahm Magaly sie in die Arme.

Seither ist für Helena klar, dass es für sie kein Zurück gibt. Das will sie auch nicht. Natürlich könnte sie immer noch fortgehen und einfach alles hinter sich zurücklassen. Aber dieser Typ Mensch ist sie nicht. Sie hat sich entschieden und dazu steht sie. Sie wird das Signal zur Ausführung ihres Plans geben. Wird sich Richard Clarke in den Weg stellen, sodass er abbremsen muss und die anderen Zeit haben, aus ihrem Versteck zu kommen. Um zu tun, was getan werden muss. Weil sie nicht im letzten Moment noch zweifeln und zögern will, spielt Helena die Szene im Kopf immer wieder durch.

Helena hört, wie eine Wagentür zuschlägt. Ein Auto fährt an. Biegt aus einem anderen Grundstück auf die Straße. Nicht dem von Richard Clarkes Tochter. Er ist es nicht. Noch nicht.

Also wartet sie weiter. Übt sich in Geduld. So lange, wie es notwendig ist. Stellt sich vor, welche Erleichterung sie danach durchfluten wird, welches Gewicht ihr plötzlich vom Herzen fallen wird. Wie sie den leeren, freien Raum in ihrem Innern dann mit sanften, freundlichen, fröhlichen Dingen anfüllen wird. Sie wird einige Zeit brauchen, bis sie sich ein neues Ich, ein neues Leben aufgebaut hat. Das weiß sie. Aber es macht ihr keine Angst. Alles besser, als weiter diese Last mit sich herumzuschleppen. Alles besser, als weiter verzweifelt nach den Überresten ihrer Kindheit zu stochern. Innerlich dauernd ums Überleben zu kämpfen.

In der Nacht davor war ihr klar geworden, dass Richard Clarke für immer von der Bildfläche verschwinden muss. Nur so kann man sicher sein, dass er nie mehr ein Kind missbrauchen wird. Er muss eliminiert werden. Auch eine lange Haft in einem Geheimgefängnis der PFR bringt keine Sicherheit. Dieser Gedanke hat sich in Helena festgekrallt. Die Argumente, die sie so oft anderen, auch Mitgliedern der PFR, vorgetragen hat, den Lynchjägern, den Haftentlassenen, die zögerten, sich auf das Angebot der PFR, ihre Reststrafe bei ihnen abzubüßen, einzulassen – sie hatten auf einmal keinen Platz mehr in ihrem Kopf. Helena muss an Diego Abrio denken, den sie mit so viel Mühe überzeugt hat und der es jetzt im Gefängnis nicht mehr aushält. Um jeden Preis rauswill. So wie ihm geht es auch vielen anderen Gefangenen in den Haftanstalten der PFR. Da zieht plötzlich ein Jugendlicher auf der anderen Straßenseite ihre Aufmerksamkeit auf sich. Er hat die Kapuze seines Sweatshirts tief ins Gesicht gezogen. Mit entschlossenen Schritten nähert er sich der Stelle, an der sie steht.

Helena wirft einen Blick in Richtung des Verstecks von Magaly und ihrem Mann, dann zur Ausfahrt, in der jeden Moment Richard Clarke auftauchen kann. Als der Jugendliche auf ihrer Höhe angelangt ist, bleibt er stehen. Dreht sich zur Gartenmauer des gegenüberliegenden Grundstücks. Helena würde ihm am liebsten laut zurufen, dass er verschwinden soll. Aber das würde in der stillen Straße zu sehr auffallen. Wenn sie aber zu ihm geht, werden Magaly und ihr Mann glauben, dass sie heimlich einen anderen Plan verfolgt. Ihr Misstrauen wird wieder geweckt sein. Deshalb schweigt Helena und rührt sich nicht vom Fleck.

Ihre Überraschung und Verwunderung werden noch größer, als der Jugendliche jetzt eine Spraydose aus der Tasche zieht, um ein Graffiti auf die Mauer zu sprühen. Hier. In dieser Straße. Um diese Uhrzeit. Die Szene kommt ihr vollkommen unwirklich vor. Vielleicht ist sie das ja auch. Das zischende Geräusch der Spraydose macht ihr klar, dass sie nicht träumt. Der Jugendliche sprüht Buchstaben auf, eine Parole oder einen Schriftzug, genau kann sie das nicht erkennen, weil sein Rücken ihr die Sicht verdeckt. Als er fertig ist, richtet er sich auf, scheint sein Werk einen Augenblick zu bewundern. Geht dann fort. Die Spraydose lässt er achtlos zurück. Erst da kann Helena lesen, was er geschrieben hat, und die Worte treffen sie mit harter Wucht.

GERECHTIGKEIT! NICHT RACHE!

Ihre Knie beginnen zu zittern und in ihrem Kopf dreht sich alles. Sie begreift nicht. Da ist der Jugendliche umgekehrt, kommt über die Straße auf sie zu, mit gesenktem Kopf, die Hände in den Hosentaschen. Als er sie beinahe erreicht hat, richtet er sich auf und zieht die Kapuze runter.

Ryan.

»Was ... was machst du denn hier?«

Er sieht sie an. Lächelt.

»Du bist auf der Seite der Opfer, Helena. Nicht auf der Seite der Henker.«

»Misch dich da nicht ein. Das geht dich nichts an.«

»Doch, das geht mich was an«, erwidert er ruhig. »Denn was du da tun willst, verstößt gegen alles, wofür du bisher eingetreten bist. Wofür die PFR eintritt. Das kann ich nicht einfach geschehen lassen.«

»Er könnte weitere Taten begehen«, verteidigt sie sich.

»Und wegen dieses einen möglichen Falls würdest du alle deine Ideale und Prinzipien über Bord werfen? Wegen einer Biene, die dich möglicherweise sticht, würdest du einen ganzen Bienenstock zerstören? Wegen eines Schiffs, das untergeht, würdest du die gesamte Schifffahrt verbieten? Weißt du noch, was du zu den Eltern von Irina gesagt hast, an dem Tag, als uns

Richard Clarke gerade das erste Mal entkommen ist? Du hast zu ihnen gesagt, sie sollten ihre Wut in etwas Sinnvolles verwandeln. Wie sie es davor bereits getan haben. Dafür sorgen, dass so etwas nie wieder geschieht. Anzeige erstatten, als Zeugen vor Gericht aussagen. Kindern beibringen, Nein zu sagen, in den Schulen Präventionsarbeit betreiben. Es laut aussprechen. Darüber reden, immer wieder darüber reden.«

Wie eine schrille Sirene durchzuckt, was er sagt, Helenas Gedanken, lässt in ihrem Kopf alles explodieren. Ryan blickt sie an.

Sie sieht nach rechts. Ein Auto stößt aus Ann Ludishs Grundstück rückwärts auf die Straße. Das muss Richard Clarke sein. Ryan wirkt plötzlich angespannt.

»Geh aus dem Weg«, befiehlt ihm Helena.

»Denk noch mal nach«, sagt er. »Ob du dir wirklich sicher bist. Du bist erwachsen. Du bist frei.«

Helena starrt auf das Auto, macht einen Schritt nach vorne. Hält inne. Ryan tritt zur Seite, stellt sich ihr nicht in den Weg. Hält sie nicht zurück. Es ist ihre freie Entscheidung. Sie allein entscheidet darüber. In ihrem Kopf dreht sich alles. Sie ist auf einmal wieder zehn Jahre alt. Ihre Augen leuchten im Schein der Kerzen der Geburtstagstorte. Gleich wird sie sie ausblasen. Und danach ein großes Tortenstück essen, mit viel Schokolade. Sie holt tief Luft und bläst dann eine Kerze nach der anderen aus. Ihr Atem reicht für alle. Geschafft! Welche Freude!

In diesem Moment legt er seine Hand auf ihre Schulter und flüstert ihr ins Ohr:

Du bist jetzt groß.

Helena lässt sich auf die Bordsteinkante sinken. Ihre Tränen lassen alles verschwimmen, Straße, Auto, Fahrer. Sie ballt die Fäuste, schließt die Augen, als das Auto an ihr vorbeifährt. An der nächsten Straßenecke tauchen Magaly und ihr Mann auf, brüllen, dass sie verdammt noch mal wissen wollen, was hier läuft. Rufen ihr Schimpfworte zu. Helena dreht sich zu Ryan, der ihr die Hand hinstreckt. Das Quietschen von Reifen auf dem Asphalt lässt sie den Kopf heben. Ein Wagen hat sich quer über die Straße gestellt und blockiert das Auto, in dem Richard Clarke sitzt. Männer springen aus dem Fahrzeug heraus. Umstellen Clarkes Auto. Helena bemerkt Philip, der sich im Hintergrund hält und jetzt auf sie zukommt. In ihrer Benommenheit begreift sie kaum, was da gerade vorgeht. Ihr Blick heftet sich auf Ryans aufgesprühte Parole: *Gerechtigkeit! Nicht Rache!*

»Alles okay?«, fragt Philip, als er neben Helena und Ryan steht.

»Ja«, antwortet Ryan. »Es war Helenas Idee. Sie hat alles geplant. Ich habe mich nur um das Einsatzkommando gekümmert.«

Sie hören Radio Plus, den Sender, mit dem Sie die neuesten Nachrichten miterleben können, als wären Sie vor Ort!

Auf der Jagd nach dem Haftentlassenen Richard Clarke haben wir soeben einen wahren Theatercoup erlebt. Während die Stadt von unzähligen Lynchjägern durchstreift wurde, die sich sicher waren, dass der entlassene Sexualstraftäter ihnen diesmal nicht mehr entkommen würde, glückte einem Einsatzkommando der Untergrundorganisation PFR offenbar der Zugriff. Den Partisanen für mehr Rechtsgerechtigkeit scheint es gelungen zu sein, den flüchtigen Clarke zu »exfiltrieren«, so die Bezeichnung der militanten Gegner des Gesetzes zur vorzeitigen Haftentlassung. Damit meinen die PFR die Unterbringung der Haftentlassenen in Geheimgefängnissen, in denen sie ihre Reststrafe abbüßen können. Danach sollen die Täter wieder als freie Menschen in die Gesellschaft eingegliedert werden.

Wie Sie alle heraushören, könnten die Gegensätze zwischen den militanten Aktivisten der PFR und den Lynchjägern, die das Gesetz auf ihrer Seite haben, kaum größer sein.

Die Ereignisse des heutigen Tages, falls sie von offizieller Seite bestätigt werden sollten, werden die Spannungen zwischen diesen Lagern nur noch erhöhen. Bereits jetzt kommt es bei jedem Aufeinandertreffen der beiden Gruppen zu Schlägereien. Die Diskussion um das Gesetz zur vorzeitigen Haftentlassung ist noch lange nicht beendet. Es verspricht weiter spannend zu bleiben.

Mehr als je zuvor gilt: Liebes Publikum, liebe Hörerinnen und Hörer, bleiben Sie dran! Hören Sie Radio Plus, den Sender, mit dem Sie die neuesten Nachrichten miterleben können, als wären Sie vor Ort!

25

Als Helena am Morgen aufwachte, war es noch Nacht und einen Augenblick lang hoffte sie, dass es nie mehr Tag werden würde. Niemals mehr. Sie trat ans Fenster, um zu beobachten, was sich draußen ereignen würde. Irgendwann nahm der Himmel eine blassgraue Farbe an, ein tristes Grau erfüllte die Welt ... dasselbe Grau, das auch die Wände des Korridors bedeckt, in dem sie jetzt sitzt und wartet.

Sie sieht der Spinne zu, die an einem von ihr gesponnenen Faden entlangkrabbelt, auf halbem Weg zwischen Neonröhre und Wand. Wie leicht könnte sie das Gleichgewicht verlieren, denkt Helena. Ein kleiner Schubser und dann ... Um abzustürzen, braucht es nicht viel. Sie muss an Ryan denken. Er überrascht sie immer wieder. Gestern Abend hat er sie nach Hause begleitet und ihr dabei erzählt, dass er nachts oft in der Stadt unterwegs ist, um Slogans an Wände und Mauern zu sprühen. Schreiben, um aufzurütteln, Reaktionen zu provozieren, Dinge infrage zu stellen. So hat er es ihr erklärt. Auch dafür ist die Straße da. Sie muss dafür der Ort sein.

Sie würde Ryan gern näher kennenlernen. Weiß aber nicht, ob das möglich sein wird. Was sie bisher verbunden hat, war ihre gemeinsame Arbeit bei den PFR. Doch dort sieht Helena für sich keine Zukunft mehr ... Philip hat sie gebeten, ihre Entscheidung noch einmal zu überdenken. Sich damit Zeit zu lassen. Aber Helena weiß, dass sie nicht mehr zu den PFR zurückkehren wird. Sie weiß noch nicht, was sie in Zukunft machen wird. Sie weiß nur, dass ihr Platz nicht mehr bei den PFR ist, sondern bei denen, die leiden. Bei den Opfern.

Als Ryan gegangen ist – nicht ohne ihr vorher vorgeschlagen zu haben, dass er gern bleiben könne, falls sie etwas Gesellschaft brauche –, hat sie ihm ein einfaches »Danke!« nachgerufen. Ohne ihn hätte sie es nicht geschafft. Ihre Wut hätte weiter in ihr gebrodelt, ohne dass daraus jemals etwas Sinnvolles entstehen könnte ... Sie ist ihm auch dankbar dafür, dass er sie vor Philip gedeckt hat. Ob der sich wirklich so leicht täuschen ließ, ist eine andere Frage. Zumindest hat er so getan.

Am Abend wird sie damit anfangen, ihre Wohnung aufzuräumen. Genauer gesagt: auszuräumen. Denn sie wird umziehen. Zu viele Informationen über sie sind in die Öffentlichkeit gelangt. Ihre Adresse ist jetzt in einschlägigen Kreisen bekannt. Sie könnte zur Zielscheibe für alle werden, die sich für die Intervention der PFR im Fall Richard Clarke rächen wollen, weil man ihnen ihr Lieblingsspiel kaputt gemacht hat: aufspüren, verfolgen, töten.

Aber davor hat sie keine Angst. Andere Dinge sind da viel gewichtiger. Helena spürt, wie es ihr die Kehle zusammenschnürt. Ihr Herz pocht. Ein Gefühl von Trauer breitet sich in ihr aus.

Ihre Lebensjahre ziehen an ihr vorbei. Die Jahre nach ihrem zehnten Geburtstag, die Schulzeit, alles, was darauf folgte. Sie hat das Gefühl, all die Zeit innerlich abgetaucht gewesen zu sein. Was sie nach außen zeigte, das war nicht sie. Sie war eine vollkommen Fremde in ihrem eigenen Leben. Er hatte ihr einen Teil ihrer selbst gestohlen, einen Teil ihres Lebens. Hatte sie daran gehindert, die Freundschaften zu schließen, die sie hätte haben sollen. Beziehungen zu anderen Menschen einzugehen. Sie schämte sich so, dass sie sich hinter eine Maske flüchtete. Ihr zur Schau getragenes Selbstbewusstsein, ihr manchmal etwas schroffes Auftreten dienten ihrem Schutz. Sie errichtete um sich eine Festung, in die niemand eindringen durfte. Niemand.

Sie würden es nicht verstehen. Das bleibt unser Geheimnis.

Warum hat sie ihm das geglaubt?

Sie versucht gerade, eine Antwort darauf zu finden, als vor ihr eine Tür aufgeht. Ein Mann tritt heraus.

»Helena Varance?«

Idiotische Frage, schließlich sitzt sie ganz allein im Flur und wartet.

»Ja, das bin ich.«

»Treten Sie ein.«

Sie steht auf, folgt ihm, setzt sich auf den Stuhl, auf den er zeigt, wartet, dass er sich ebenfalls setzt. Das Büro wirkt trist, unpersönlich, in die Jahre gekommen. Kein einziges Foto. Keine Pflanze. Ein kleines Fenster, durch das man auf eine Mauer blickt. Die einzigen Farbflecken sind die Aktenmappen, die von Lebensdramen und zerbrochenen Existenzen erzählen.

Bald wird auch ihre Lebensgeschichte in einer dieser Mappen aufbewahrt werden. Sie hofft, dass die Farbe des Kartons rosa sein wird – wie die Farbe des Himmels, kurz bevor ein neuer Tag anbricht.

»Was führt Sie her?«

Helena räuspert sich, schaut ihm dann direkt in die Augen.

»Ich möchte Anzeige wegen Vergewaltigung erstatten.«

Der Polizist sieht sie fragend an, scheint nach Spuren einer gewalttätigen Auseinandersetzung zu suchen.

»Es ist fünfzehn Jahre her«, sagt sie.

Der Mann beugt sich zu ihr, stützt die Ellenbogen auf dem Schreibtisch ab.

»Kennen Sie den Täter? Wissen Sie, wer es war?«

Helenas Herz pocht.

»Ja. Mein Bruder.«

TRIGGERWARNUNG:

In diesem Buch werden Themen wie Kindesmissbrauch,
sexualisierte Gewalt und Ähnliches angesprochen.

Wenn du dich in einer ausweglosen Situation befindest, wenn
du unter Missbrauch leidest oder irgendjemanden kennst, auf
den es zutrifft: Bitte, mach den entscheidenden Anruf oder
schreib die entscheidende Nachricht.

Auf den folgenden Seiten findest du eine Liste verschiedener
Institutionen und Anlaufstellen in Deutschland, Österreich
und der Schweiz, die **anonym und kostenfrei** Hilfe anbieten.

Beratungsstellen in Deutschland:

NUMMER GEGEN KUMMER (Kinder- und Jugendtelefon des Deutschen Kinderschutzbundes)
www.nummergegenkummer.de, auch Onlineberatung
Telefon 116 111
Mo – Sa von 14 bis 20 Uhr
Die Nummer gilt europaweit: www.116111.eu

SAVE ME ONLINE (Onlineberatung für Kinder und Jugendliche, ein Angebot von N.I.N.A.: Nationale Infoline, Netzwerk und Anlaufstelle zu sexueller Gewalt an Mädchen und Jungen)
www.nina-info.de/save-me-online
beratung@save-me-online.de

Hilfeportal der Bundesregierung
www.hilfeportal-missbrauch.de
Telefon 0800 22 55 530
Mo, Mi, Fr 9 bis 14 Uhr, Di, Do 15 bis 20 Uhr
beratung@hilfetelefon-missbrauch.de

HILFETELEFON GEWALT GEGEN FRAUEN
www.hilfetelefon.de
Telefon 116 016, innerhalb Deutschlands, 18 Fremdsprachen
Mo, Mi, Fr 9 bis 14h, Di, Do 15 bis 20 Uhr

WEISSER RING
www.weisser-ring.de
Telefon 116 006
7 Tage die Woche von 7 bis 22 Uhr

TELEFONSEELSORGE
Deutschland
www.telefonseelsorge.de
Telefon 0800 111 0 111 oder 111 0 222
Rund um die Uhr, 365 Tage im Jahr

Beratungsstellen in Österreich:

Allgemeine Informationen des Bundeskanzleramts (mit Suchfunktion für Beratungsstellen)
www.gewaltinfo.at

TAMAR – Beratungsstelle für misshandelte und sexuell miss-
brauchte Frauen, Mädchen und Kinder, Wien
www.tamar.at
Telefon 01 – 334 04 37

TELEFONSEELSORGE ÖSTERREICH
www.telefonseelsorge.at
Telefon 142

Beratungsstellen in der Schweiz:

OPFERHILFE SCHWEIZ der kantonalen Sozialdirektorinnen und Sozialdirektoren, mit Suchfunktion für Beratungsstellen: www.opferhilfe-schweiz.ch

CASTAGNA – Beratungs- und Informationsstelle für sexuell ausgebeutete Kinder, Jugendliche und in der Kindheit und Jugend ausgebeutete Frauen und Männer, Zürich
www.castagna-zh.ch
Telefon 044 – 360 90 40
mail@castagna-zh.ch

TELEFONSEELSORGE SCHWEIZ (Die Dargebotene Hand)
www.143.ch
Telefon 143

Autor

Foto: © privat

Jean-Christophe Tixier war 20 Jahre Lehrer, bevor er sich ganz dem Schreiben widmete. Er ist Autor zahlreicher Romane verschiedener Genres für Jugendliche und Erwachsene, außerdem schreibt er Comics und Hörspiele. Jean-Christophe Tixier lebt in Pau und in Paris.

Von Jean-Christophe Tixier sind bei cbj erschienen:

Guilty. Du wirst nicht entkommen (31565, Band 1)
Guilty. Dafür wirst du zahlen (31566, Band 2)
Guilty. Du wirst dafür büßen (31624, Band 3)

Übersetzerin

Foto: © privat

Bernadette Ott begeistern die Wortspiele und der Drive in Jugendromanen, aber auch die Erzählfantasie und poetische Verwandlung der Wirklichkeit in Kinderbüchern. Ihr Dank gilt allen Autor*innen, in deren Sprache, Gedanken, Gefühle und Lebenswelten sie als Übersetzerin eintauchen darf.

Mehr zu unseren Büchern auch auf Instagram

Jean-Christophe Tixier
Guilty –
Du wirst nicht entkommen

Ca. 304 Seiten, ISBN 978-3-570-31565-1

Du kommst aus dem Gefängnis frei – zur Jagd

Diego Abrio, 22, ist schuldig gesprochen wegen fahrlässiger Tötung.
Nun wird er aus dem Gefängnis entlassen. Aber er kommt nicht frei.
3 Millionen Klicks der App GUILTY geben ihn frei zur Jagd.
Jeden Abend um 19 Uhr wird sein Standort gepostet
und jeder darf ihn straffrei töten. Oder ihm helfen.
Wird er es schaffen, zu entkommen?

www.cbj-verlag.de

30480

Jean-Christophe Tixier
Guilty –
Dafür wirst du zahlen

Ca. 320 Seiten, ISBN 978-3-570-31566-8
Erscheint im Herbst 2023

**Aus dem Gefängnis gevotet: Jeder darf ihn jagen. Jeder darf ihn töten.
Und jeder darf ihm helfen.**

Seit drei Jahren ist Patty von der Idee besessen, den Mörder ihrer
kleinen Schwester über die App »Guilty« aus dem Gefängnis zu voten.
Wer schuldig gesprochen ist und drei Jahre abgesessen hat, kommt bei
drei Millionen Klicks aus dem Gefängnis und wird zur Jagd freigegeben.
Patty trainiert regelmäßig am Schießstand und bereitet sich darauf
vor, ihr menschliches Ziel ins Visier zu nehmen. Doch sie ist nicht die
Einzige, die ihn töten will. Sie hat keine Ahnung, mit welchen Menschen
sie es aufnimmt.

www.cbj-verlag.de